店長，我有戀愛煩惱

The Trouble With Love Is...

文善——著

〈推薦序〉

愛情是最大的謎團，也是最可口的甜點

推理作家／寵物先生

愛情之所以是人類最大的謎團，便來自其無常理且深不可測，從簡單的「是不是對我有意思」到深層的「愛我卻為何傷害我」，我們便可找上千萬種不同的解釋——而這些都指向幽微的人心。戀愛之謎，同時也是人心之謎。本書的五篇故事案件，不分輕重地都描寫了人，作者以女性第一人稱的清新口吻，道出戀愛的甘醇、苦澀與雋永，也將陷入「愛情謎團」中的男女心境，體現得淋漓盡致。

用甜點譬喻戀愛聽起來很俗套，但若是將戀愛的五個不同面相，各自用適合的甜點比擬，便有了看頭。戀愛發自於人，也會隨人的年歲與經驗進化，稚嫩的初戀到永恆的廝守，一連串時期所代表的滋味必定不一樣。蘋果脆餅、斯摩餅、馬卡龍、可麗蛋糕、蒙布朗，當讀者隨文字品嘗這五項甜點，也如同經歷這名為「戀愛」之集合體的成長故事。這不僅是推理，也是成長小說。

而在故事中扮演關鍵角色的，當然是ＴＲＯＶＡＲＥ神秘的大男孩店長了！他的精湛手藝刺激每篇故事中女主角的味蕾，看得連讀者也忍不住食指大動，恨不得書中的甜點立刻浮現眼前。閱讀本書時，請先自備點心，切莫望梅止渴。

你聽過嗎？這城裡的一個都市傳說。

在那最熱鬧的大街附近，有這麼一家甜點店。
那家店一點也不好找，如果只是單純地想吃吃甜點的話，
你只會一直在附近兜圈子。
可是如果你心裡有甚麼煩心的事，或是有甚麼心結放不下，
走著走著，就會聞到一陣甜甜的奶油香氣，
沿著那香氣傳來的方向走，就會走到一條巷子，
那甜點店就在巷子裡面……

目・錄

初戀蘋果脆餅

初戀，就是那場
還沒開始便結束的戀愛

我，今年十八歲，是個住在鄉下的高中生。我沒有想過，原來三年前那場初戀，對象竟然是幽靈……

1

噹噹噹，隨著放學鐘聲的響起，教室內一下子突然熱絡起來。

「等一下要不要去咖啡店？」

「不如到我家，我買了新唱片。」

「好啊好啊。」

女同學們七嘴八舌在談論那個剛推出唱片的偶像歌手，還有誰誰有門路可以到電視台當綜藝節目的現場觀眾。

我只有聽的份兒。

當然，我也很喜歡那個偶像明星，我也好奇電視台裡是怎麼樣子的，我也想像一般女高中生一樣，放學後到姊妹淘家吃茶點聊天。

可是我只能默默地收拾書包。

「嗨！妳要不要來？」其中一人看到我問道，雖然不知道是出於禮貌還是真心想邀我。

「謝謝妳，可是我要回家幫忙看店。」我家中經營水果店，「幫忙看店」就成了推卻邀約的最好藉口。

其實我好想去，只是……

「真可惜，我還約了社團的學妹，她剛從S鎮轉學過來。」

S鎮？

心中突然泛起奇怪的感覺，這就是所謂的漣漪嗎？也真的好像心被甚麼掃過，在表層皺起像漣漪的波紋。

那個本來以為已經忘了的臉，又再出現在腦海中。

「要看店，那沒辦法了，真辛苦……」其他女同學露出同情的表情。「那下次吧！」說著她們便興高采烈地準備離開教室。

「學姐！」教室外傳來開朗的聲音，原來是那個一年級的轉學生。「我可以走了。」

「妳……就是那個從S鎮轉學來……的？」我突然跑到轉學生的面前，把其他人都嚇了一跳。因為來了這裡三年，我都不太與人互動。

可是，我不得不問。心中的漣漪已經快要變成波浪，讓我唐突地冒出這個問題。

「嗯。」大概察覺氣氛不大對，轉學生的聲音有點顫。

「呃，那裡有個蘋果園妳知道嗎？」

一聽到我說蘋果園，轉學生的臉刷地白了。「為甚麼妳會知道……？」

「啊，小時候到過那裡玩。」我隨便編了個故事。

可是轉學生的臉更白了。「妳……去玩過？」

「是啊，怎麼了？」

「那裡……有鬼耶。」

「甚麼？」其他女生一聽到「有鬼」，都紛紛走過來八卦。

「聽說……那裡……死過人，我們都不敢到那邊。國中的時候，同學們都在傳說，那裡不時會有一個男人的幽靈在那裡出現。」

「哇，好恐怖啊！」有人抱著雙臂。

他……在我記憶中那個溫柔的大哥哥，會是幽靈？

才離開校門，我便有不好的預感。

果然，在學校對面街不遠，站著一個熟悉的身影——一個微胖的中年婦人。她提著購物袋，一看到我便向我揮手，怕我沒有留意到她。

「媽，妳怎麼又來了？」我快步跑過馬路，順手幫她拿購物袋。

「我去買菜，想到剛好差不多是妳下課的時間，就順道過來接妳嘛。」

袋子一點也不重，她根本就是裝的。已經不是第一次了，升上高中的三年來，每週總是有兩、三天藉故來和我一起回家。

「今天在學校過得怎樣？」媽用開朗的聲音問。

「嗯，還不是一樣。」

「沒有同學邀妳下課後去玩嗎？」

「沒有，他們都是一群奇奇怪怪的人。」

「是嗎？不交朋友不行喔。」媽嘴裡雖然這樣說，可是我看到她的臉卻是滿意地笑著。

他們才不是甚麼奇奇怪怪的人，奇怪的是妳女兒我。

「妳不在店裡，爸一個人可以嗎？」我總是這樣問，因為也不知道和媽還可以聊甚麼。「今天不是送貨日嗎？」

從媽媽的表情，可以看出她完全忘了這回事。可是她沒有說甚麼，只是加快了腳步回家。

果然，爸爸一個人在店裡忙得團團轉。因為剛巧是下午主婦準備晚飯的高峰時間，加上送貨來的人，爸爸一會兒要招呼客人，一會兒又要去檢收送來的貨，看到我和媽媽，他的眼神像看到救世主一樣。媽媽二話不說便走上前幫忙招呼客人，我也熟練地檢查已送來的貨。

在一箱箱的水果中，我看到一個小箱子，看到箱子上印著的字，我就知道那一定是送錯的。

因為那是一箱蘋果。

我走近箱子，蘋果的香氣立刻撲鼻而來，明顯是上等貨。

這個氣味，也是在我家水果店久違了的氣味。

「咦？你們有賣蘋果？」李太太是住在附近的主婦，每天都差不多這個時間來。

「不，不，這是……」

「看來很不錯喔，就是嘛，哪有水果店不賣蘋果的？」李太太已逕自打開箱子在挑蘋果。

「不，李太太，這不是……」我努力想告訴李太太這不是我們店的東西，可是不僅說得結結巴巴，連聲音也小得不可能有人能聽到。看到她興致勃勃地在挑蘋果，我也不好意思掃她的興。

算了，由她去吧，向她說明她也聽不進去。

「對不起，李太太，這不是我們家的東西。」媽媽走過來阻止：「妳也知道我們家不賣蘋果的。」

「真可惜，真的不賣嗎？」

「不啦，都說不是我們家的東西了。」媽媽把李太太拉到店子另一邊。「來看看這些柿子，剛運到的。」

我看著那箱蘋果，只是很小的一箱。單據上寫的是市內的地址，不知為何竟然送到這裡來？是甚麼店子訂這樣一小箱蘋果呢？如果收不到，他們會不會很困擾？

「媽，我出去一下。」我拿起箱子，綁在店外的機車上。沒有等媽回答，我便騎著機車往市內的方向駛去。

「六點前要回來喔！」我聽到媽在我後面喊。每次我一個人外出，她都要我在指定時間回來，要不……雖然我從來沒有過了時間也不回家，但可以想像到那會引發很大的麻煩。

因為家裡經營水果店，我有自己的機車，不上課時也會幫忙送貨。在我住的這樣鄉下地方，顧客大多是鎮上的大家族或是家庭餐廳甚麼的，用機車載貨已很足夠應付他們的訂單需求。雖說是鄉下，從我家騎機車到市區也只要二十分鐘，不過由於常常在媽媽的「監視」下，想溜出去市區玩也不容易。根據地圖，送貨的地址是市區最熱鬧的大街的巷子，我很快便騎車到了那附近。

市中心就是不一樣，走在街上的人都好時尚，店鋪也很漂亮，鎮上的商店街真是沒得比。

奇怪了，根據地址明明就是這附近，怎麼好像老是在兜圈子？單據上沒註明店名，想跟著店名找也不能。

會訂一小箱蘋果的店家，應該是餐飲店吧。我慢慢騎著，邊留意經過的每間店。

蘋果……

綁在機車尾的那箱蘋果，勾起了本來以為已經遺忘了的記憶。

突然，心好像揪了一下。是甚麼呢？不是心臟病發作，當然不是，我才只有高三，經營水果店的家不知多注重飲食。所以為甚麼心會揪住的呢？就好像……一個念頭像石頭般壓著心臟，而那個念頭是……那個一直以來隱藏在心中的念頭……

我想見他。

三年來，第一次有這種想法，像是自己的心事被看穿，我感到兩頰一熱。是因為那轉學生，才讓我又再想起他嗎？

我好想見他。

就在這時候，我突然聞到一陣香氣，那是甜甜的奶油香氣，從面前的巷子傳來的。

我駛進巷子裡，跟著香氣傳來的方向。奇怪，雖然這條巷子和大街這麼近，但和這附近開滿了各種店舖的巷子不同，這裡一家店也沒有，除了眼前這家——是一家甜點店。外觀看來不是很大，它的左邊有個很大的櫥窗，裡面陳列著幾個美美的蛋糕。店面沒有大大的招牌，只有在櫥窗的上方伸出一支小小的杆子，吊著一塊原木風的牌子，上面刻著「TROVARE」，就是一整個歐洲小鎮式的風格。

TROVARE？看起來不像是英文，不知那是甚麼意思？

我解開綁在機車後面的那箱蘋果，幸好箱子不是很大，我一手也能抱著，並用另一隻手推開櫥窗旁那鑲著彩繪玻璃的門。

一踏進店裡，首先映入眼簾的是放在店中央那大大的原木矮桌子。大大的桌子足可讓十個人圍著坐，桌面和店外招牌一樣都是一大塊原木，邊緣是仿不規則的粗糙樣式，兩旁則放著同一系列的長椅子。

店內一邊是玻璃製的櫃檯，裡面陳列著兩、三種小巧的甜點，我留意到其中一排是空著的。櫃檯後面是個小小的開放式廚房，放著攪拌器、烤箱和各種烘焙工具。

「妳好，歡迎光臨。」站在櫃檯後面的，是個圍著黑色圍裙、個子不高的男生，應該是店長吧。他看起來應該有二十多歲，不對稱的短髮，額前的頭髮都梳到右邊，隨性的垂下微遮蓋著臉頰，雙眼的輪廓很深，看起來有點像外國人；雖然他的下巴和兩邊嘴角都有點點沒有刮淨的鬚碴，可是並沒有讓我覺得他是難以親近的類型，反而像一個故意鬧彆扭的大男孩。

「呃，你們是不是有訂一箱蘋果？」我稍微舉起手中的紙箱。「好像送錯到我家店了。」

「啊！太好了。」男生邊笑邊雙手合十，一副謝天謝地的模樣。他的聲音帶點磁性，而且好溫柔。他迫不及待檢視箱子裡的蘋果。「原本應該是昨天送來的，可是等不到，今天只好少賣一樣甜點。」

所以陳列櫃裡有一排空著。

「這……」

「誒？」店長抬起頭看著我。「怎麼了？」

「……」討厭，舌頭又打結了。

「有甚麼事，說出來沒關係的。」店長稍微傾前身子，雙手手肘擱在紙箱上。

「有甚麼事，說出來沒關係的。」腦中突然響起三年前聽過的話。

我盯著眼前這個男生，為甚麼他會和三年前那個人說出同樣的話？噢，如果那個

算是「人」的話。

店長也直盯著我，像是看穿我心裡的自言自語，嘴角和雙眼都似笑非笑的，此刻他的鬍碴，讓他看來有點狡猾。

「啊……那箱蘋果……是上等貨，再放一天應該還是很好吃。我……我已經檢查過了。」

「妳檢查過？」

「嗯……我家是開水果店的。」

「啊，原來是這樣啊。」

「呃……你……曾經住過S鎮嗎？」我終於忍不住問出來，但卻聽到自己的聲音愈說愈小可是心跳卻愈來愈快。啊，說不定，他和那個人有甚麼關係。

可是他卻搖搖頭。「沒有，我一直都待在這兒。」

噢，原來他是不折不扣的城市人嘛。也是，世事又哪兒會那麼巧合。

「為甚麼這樣問？」

「不不，沒有，只是隨便問問。你是用這蘋果來做甜點嗎？」

店長點點頭。「甜點、蘋果茶都有……對了，妳現在有時間嗎？我現在就做蘋果脆餅請妳吃，就當是我答謝妳特地把蘋果送回來。」

「蘋果脆餅？」蘋果派我吃過很多次，可是甚麼是蘋果脆餅？

「嗯。」店長微笑著。「有初戀味道的蘋果脆餅。」

「初戀？」

「不過，」店長又露出那裝狡猾的眼神。「妳可要告訴我妳的初戀故事。」

「哈哈，我才沒有甚麼初戀故事。」

「不可能吧。」店長這次直盯著我雙眼，像是在說：「不要說謊了。」

我嘆了口氣。「也算有吧，如果對象是幽靈也算在內的話。」

店長揚一揚眉毛，那就好像施了魔法般，讓我不自覺地開始把三年前的事娓娓道來……

2

那是我國中三年級時候的事，因為住的是鄉下小鎮，所有人都差不多可以直升高中，所以也沒有甚麼升學壓力。

「喂，S鎮今天晚上有個高中生樂團辦的音樂會，我們一起去好不好？」一個週五早上，小麗像是在說甚麼秘密似地問我。小麗是我升上國中後才熟絡的，人如其名，小麗長得很漂亮，才國三的她已有過三個男朋友，聽說她現在和住在S鎮的一個高中生在交往著，那個男生一星期有幾天都會騎機車過來載她去玩。

「今晚啊……」我很想去，可是我爸媽才不會讓我那麼晚出去，而且還是去隔壁鎮。

「就說妳來我家做小組習作，順便過夜嘛。」小麗已替我想好了藉口。的確，我們偶爾也會在週末去對方家過夜。「而且那也不算說謊耶。音樂會八點開始，我們乘七點的公車過去，時間剛剛好，音樂會結束後妳可以來我家睡。」

「等等，妳媽讓妳去嗎？」

「嘻嘻……」小麗微微低下頭。「我跟我媽說今晚要去妳家很晚才回來。」

「那妳拿這個給小麗的媽。」因為店七點才打烊，放學後我到店裡跟媽說今晚到小麗家吃晚飯和過夜。也沒有多問甚麼，她只是選了幾個梨子讓我拿過去。「說又去打擾人家不好意思。」

和小麗約好在公車站碰面，當我看到她提著蛋糕店的袋子，而她看到我手中那袋梨子，我們不約而同地笑了。因為都是騙家裡說到對方家吃晚飯，所以那蛋糕和梨子，便成了我們在公車上的晚餐。

在公車上我才留意到，小麗有悉心打扮過，化了妝的她，別說是高中生，說她是大學生也會有人相信。明明就和我同級，但她看起來卻像雜誌裡那些時裝模特兒。突然間，我覺得和她距離好遠，和這個好朋友，現在好像格格不入了。

「哎，妳沒有化妝啊？」小麗看著我的臉，然後從她包包中掏出個小巧的包包，再拿出一支口紅。

「不要動。」小麗熟練地替我擦上口紅，然後再替我掃了點點的腮紅，最後用眉筆替我畫了眉和眼線。她真厲害，即使是在公車上也沒有丁點擦歪。

「哇，謝謝喔！」看著鏡子中的人，我真不敢相信那是自己。就像平日的我是平面的，現在頓時變了立體的臉。

我感到我終於和她一樣，不再是個鄉巴女孩了。

到達S鎮時天已經開始黑了，沿著商店街走，很快便找到了音樂會的場地。

「咦？這是酒吧不是嗎？」我看著那店，門外貼著海報，我認得樂團的吉他手就是小麗的男朋友。

「妳不知道嗎？搖滾樂團當然是在這種地方表演，難道妳以為是古典樂團，在音樂廳演奏啊？」小麗邊笑著說邊拉著我進去，樂團的人已經在酒吧內招呼著陸陸續續來的觀眾。小麗的男朋友看到她，立刻跑了過來。

「妳來了。」男生看著小麗，完全掩飾不了臉上興奮的表情。

「呵呵，這就是你的小女友嗎？好漂亮喔。」樂團的其他人湊了過來，小麗也把我介紹給他們。

「小麗的朋友都是美女耶。」其中一名男生邊上下打量著我邊說。

老實說，被男生這樣看，我覺得很不舒服。我看見小麗的男友搭著她的肩，她也沒有怎樣。如果我因為這樣便板起臉孔，他們會覺得我是個沒趣的女生吧。

「這是請妳們喝的。」好像是貝斯手拿了一個桶子來，裡面是碎冰和瓶裝啤酒，還有一小盤糖果和一大盤洋芋片。

「哇！謝謝囉！」小麗笑著拿起一瓶啤酒，順便把一顆糖果放進嘴裡。

「這是酒耶。」我在小麗耳邊悄悄說。「我們還未成年，不能喝酒……吧？」

「怎麼啦？」小麗看到我在猶豫，有點不耐煩。「這是酒吧耶，難道妳要喝牛奶？」大概是覺得我在她朋友面前不給她面子。

「這也只是啤酒而已，是……吧？」

「來，」小麗把一瓶啤酒遞給我。「啤酒酒精含量很低的。」

小小的店內，樂團的音樂透過擴音器傳出。我沒有現場聽過搖滾樂團的音樂會，他們好像是唱著英文歌，我的英語聽力已經不大好，加上主唱歌手聲嘶力歇地喊著，更加聽不清楚他到底在唱甚麼，只是一整個刺耳。

小麗如痴如醉地看著台上的男友，其他觀眾的情緒也很亢奮，好像只有我不懂欣賞似的，無聊的我只好喝著啤酒，漸漸地音樂好像沒那麼吵，不，四周的聲音好像隔了一層帷幕。整個人有點飄飄然，有種靈魂出了竅在看音樂會的感覺。

「怎麼了？覺得我們的表演如何？」表演結束後，樂團的成員都走到台下和觀眾打招呼。剛才那個色迷迷的男生問也沒問便坐到我和小麗中間。

「唔……很有趣。」我隨便回答，可是感覺像是別人用我的聲音在說話。

「我們現在組團了，常常也會有演出，妳要多來捧場喔。」說著他把手搭在我的肩上。雖然明知他是在吃我的豆腐，可是我竟然沒有實在的感覺。意識上我覺得要避開，可是，我好像連避開的力氣也沒有。我看了看小麗那邊，她一邊和男友喁喁細語，一邊吃下幾顆糖果，看來她是幫不了我的了。

「呃，我……我要上廁所。」畢竟是小麗男友的朋友，我也不好在這裡搞局，站起來的時候，我感到那男的摸了我的屁股。

跌跌撞撞地上完廁所，回到座位時，我看時候也不早了，雖然夜班公車是通宵行駛，但我不想待到那麼晚才回去。

「喂……走吧，回家了。」我推著倒在座位上的小麗。

「不要啊，還早嘛，他們說要去吃消夜。」小麗托著頭，瞇著眼說，臉上還帶著奇怪的笑意。

「太、太晚了……」

「妳好煩耶，要走妳自己回去！」小麗推開我，已經腳步不穩的我頓時跌在地上，我感到其他人都看到我的失態。小麗也好不到哪裡，她已經倒臥在廂座的沙發上。現在的我看起來一定像個大傻瓜，我看到樂團那些人在吧檯那邊抽菸，要走就趁現在了。「喂！小麗！」已經睡倒在沙發上的小麗，一點反應也沒有。

「真是的。」雖然已經腳步不穩，我還是極力撐起身子，趁那些人不注意時離開酒吧。

拖著沉重的身軀在黑夜的街上走了一會兒後，我終於發覺有點不妥。

「這裡……我不記得來的時候有經過耶。」

迷路了。

慘了，怎麼好像愈走街道愈安靜？從商店街出來走到住宅區，一路上本來還有好些住家的，怎麼漸漸變得很疏落，而且這裡也不像有公車站嘛。

因為太累，我忍不住跪坐在地上。

「哎，怎麼躺在這裡？」背後突然傳來男生的聲音，嚇得我不禁往相反方向爬了幾步。

「妳妳妳不要緊張，我沒有惡意的。」男生的聲音聽起來很慌張。

我停下來回看他。那個男生蹲在一道大閘門的後面，看起來應該是大學生的年紀，穿著一件白色襯衫和牛仔褲，昏暗的街燈下，都可以看到他的膚色黝黑，如果配上背心短褲，就活像是一個在海邊打工的陽光大男孩。

「呃，你知、不知道公車站要怎、怎樣走？」

「公車站？從這裡走有點遠耶……」

「那……你可以帶我去嗎？」我看他也不像是壞人，而且我現在這樣恐怕也不能在沒有幫忙下走到公車站。

「對不起，我不能帶妳去公車站……而且妳……」他看著我。「不如進來喝點水休息一會兒，我給妳畫幅地圖再走吧。」

「這……」我看這個大哥哥也不像是壞人，因為怕樂團那些人會追來，現在我的處境也只有去暫避一下。

「小心點。」男孩笑著扶我跨過大門的門檻。「歡迎來到S鎮最大的蘋果園。」

跟著大哥哥走進蘋果園，裡面果然很大，在起伏不定的丘地上，種著一排排整齊的果樹，像是列隊的士兵，可是樹上都沒有蘋果。我們到了蘋果園一邊的一個涼亭下，那裡有張大桌子，上面裝滿了一籃籃的蘋果。

「哇，好大的蘋果！」剛才喝了那些酒，又沒怎麼吃晚飯，再走了這麼一段路，我已經又餓又渴。沒有想那麼多，我很老實不客氣地拿了一個蘋果來吃。

「這些籃子裡的是加拉蘋果，這幾籃是五爪蘋果，這一籃是蜜脆。」大哥哥放下兩杯水，然後指著山坡下那排樹。「都是從那邊的樹摘的。」

「你懂好多耶。」我托著腮，瞇著眼笑著說。

「這是我爸爸的果園嘛。」大哥哥笑著。「他從小便教我蘋果的事。」

「你這裡怎麼了？」我捉著他的手，指著他的手背，上面有個好像星星圖案的疤。奇怪，為甚麼我會突然這樣大膽地碰男生的手？

可是，他的手，好大好溫暖。讓我好想被這隻手牽著。

「這個嗎？」他把手稍微提起，也就順勢鬆開了我的手。「小時候的事，我拿著樹枝舞弄，最後弄傷了自己。」

因為感到剛才捉著他的手很不要臉，我咬了一口蘋果來掩飾自己的害羞。

蘋果好清甜爽脆！水份剛剛好。可能因為晚餐只是吃了那點蛋糕和梨子，沒兩、三下功夫我便把蘋果解決了。

「如果爸爸看到妳現在吃得津津有味的樣子，一定會很高興。」他微笑著，好像從剛才他就保持著這樣的微笑。「還要再吃嗎？這籃子和妳剛才吃的是同一品種，不過是從另一邊的樹摘的。」他指著山丘上的樹。「還是妳要嚐別的？」

「不用了，我喜歡這種。」說著我已經不客氣地從籃子裡拿了一個，並咬了一口。

咦，奇怪了，這個蘋果，怎麼沒有剛才那個那麼好吃？兩者明顯的差異讓我的頭腦好像一下子清醒了。明明都是同一品種，同一個果園，怎麼差那麼多？

「怎麼了？」也許發現我臉上的表情很不一樣，他問我發生甚麼事。

我不敢說，媽媽說跟人家說東西不好很沒禮貌。

「說出來沒關係啊，真心所想的事，一定要說出來，不然就是欺騙自己。不能坦然面對自己的人，人生會很難過。」他溫柔地鼓勵我。

他說的話好深奧，但他是要我說出真實的感覺吧。「唔……這……真的是和第一個一樣嗎？」我舉起被我咬了一口的蘋果。「好像感覺和味道都不一樣。」

「咦……？」他呆了一下，但很快又露出微笑。「妳肯定？」

我想了想，再看看他的臉。那一瞬，我突然湧出一股力量，好像卡通中的魔法少女揮動神仙棒變身時的那種力量。

「嗯，」我用力地點點頭。「兩個蘋果味道不同。」

沒想到他摸摸我的頭。「妳好厲害！」

「嘻嘻，我家是開水果店的……」我得意起來。「從小爸爸便教我選水果。不過呢，你們家的蘋果真的好好吃，我啊，會告訴爸爸的。」我還學著電視劇中那些有錢少爺的口吻。

「哈哈，好好，那就請多多關照囉。其實呢，這個果園……」他打了個眼色。「有個秘密喔。」

「秘密？」

「等一會兒再告訴妳吧。」他站起來。「怎樣？好點了嗎？要不要再喝杯水？」

還沒有等我點頭，他已經站起來向山丘上的小屋走去。

我看到桌上的空杯子。「喂！你忘了拿杯子啦！」我向已差不多走到山丘頂的他喊道。因為不想讓他走回頭，我拿起那兩只杯子向他跑去。

可能太心急了，我差點絆倒，為了保持平衡，手中的杯子也掉到了地上，我正暗自慶幸那不是玻璃杯、不怕打破時，奇怪的事發生了。

掉在地上的杯子，竟然沿著坡道向上滾上山丘！

為甚麼會這樣？

我抬頭看向山丘上的他，他的笑容突然變得好奇怪，不再是剛才那溫柔的樣子，反倒有點像……

我再看看我的背後，這時一陣暈眩感襲來。在我失去意識前，最後看到的就是那停在山丘上不再滾動的杯子……

當我再醒來時，第一眼看到的是醫院那發黃的天花板。

「太好了，妳終於醒了！」還沒弄清是怎麼回事，已經淚流滿面的爸爸緊緊捉著我的手。「孩子的媽，快！快去叫醫生！太好了！」

爸爸怎麼了？他從來也沒有這樣哭過。「我們擔心得要死，妳睡了一天一夜了。」

「呃……那個……大哥哥呢？」沒想到我最先想到的是在蘋果園遇到的男生，是他送我來醫院的嗎？發生了甚麼事？

「甚、甚麼男生？」爸爸突然很緊張似地。

「我……好像去了個蘋果園，那裡有個像是大學男生……」

「沒有的事！妳在公車站昏倒了，路人送妳到醫院的！」

公車站？究竟是怎麼回事？我不是在蘋果園的嗎？

醒來後第二天，我才知道我是身處市內的醫院。為甚麼？我去了S鎮玩，明明我記得自己是在蘋果園倒下的，爸爸卻說我是在公車站，那為甚麼我不是被送到家附近的醫院、或是S鎮的醫院，而是市內的醫院？

這個疑問，很快便解開了。第二天媽媽一早便來醫院看我，還帶了平日不讓我看的偶像雜誌。沒多久，護士便來說要帶我去檢查。

「沒事的，不用怕喔。」媽媽輕拍著我的手。

我被帶到一個房間，裡面的床和一般診所內差不多，只是床尾的兩邊裝有奇怪的架子。護士給了我一件袍換上。差不多同一時間，一位穿著白袍的女醫生走進來，並關了房間的門。

「躺著，把腳擱在這兒。」醫生敲了敲床尾那架子。

因為躺著，我看不到醫生在做甚麼，只是聽到她一直在說：「放鬆！放鬆！」

「這是甚麼檢查？」完結後我問。

「這是妳父母要求的，妳最好自己問他們吧。但不用擔心。」脫下手套的醫生摸摸我的頭便離去了。

鎮上的小醫院應該不能做這樣的檢查吧？嚴格來說那裡只能稱為診所，和進行一些急救，有甚麼大事，都是要去市內的醫院的。

可是這種羞人的檢查和我昏倒有甚麼關係？而且醫生說還是我爸媽要求的？

出院回家後，爸媽要我不用急著上學。

「就先在家裡休息一下吧。」

那些日子，爸媽輪流在家陪我。我看在眼裡，也覺得他們很辛苦，早上媽媽做好早點便去開店，中午的時候爸爸會到店裡，換媽媽回家。

為了讓他們理解我身體已經恢復，我開始在家幫忙打理家務。例如有天有兩個穿著西裝的客人來我們家，因為天氣很熱，我幫他們掛起西裝外套，還給他們倒冰茶和切了些水果給他們解暑。

那之後沒多久，爸媽便說要搬家。我記得，那是一個下雨天，媽媽要出門，爸爸留在家陪我。媽媽回來時，雖然她帶了雨傘，可是她的黑色洋裝還是沾了些雨水。換過衣服後，她向爸打了個眼色，然後便在飯廳裡，像是開家庭會議般，爸爸「宣布」我們要搬家。

就這樣，好像作夢一樣，我從出生長大、位於市東邊的小鎮，搬到了市中心的西邊。我順利升上鎮上的高中，爸媽也重新開了水果店，開始的時候有點艱難，但總算撐過來了。只是，打從水果店開始營業的第一天起，就沒有賣蘋果。

蘋果園、大哥哥……就像是沒有發生過一樣。和每個人一樣，在人生不同階段，都會遇上不同的人，這些人大部分都只是在那一段歲月中的過客，只是在我心裡，一直有個解不開的疑問。

為甚麼那天杯子會滾上坡？究竟那個蘋果園是怎樣的地方？

3

「可是今天那個轉學生的話，讓我嚇了一跳。」在我細說這段往事的時候，店長也在他櫃檯後面那小小的開放式廚房裡，邊聽邊做他那蘋果脆餅。

他先把水、棕糖和一條肉桂放在鍋子中煮沸，然後把半個蘋果切成小塊放進糖水中，開小火浸泡。另外半個蘋果則打成泥，他舀了一小匙蘋果泥與蛋白、奶油、糖和麵粉混合，剩下的蘋果泥則和打發了的蛋黃、砂糖、玉米粉、牛奶放進鍋煮成蘋果蛋黃醬。把蘋果蛋黃醬放進冰箱冷卻時，他把麵糊舀到鋪了烤紙的烤盤上，然後用匙背弄成一個個鵝蛋型再放進烤箱。

他的動作很俐落，專注做甜點的樣子，讓他完全沒有了我剛進店裡時，他給我那種鬧彆扭大男孩的印象，現在活像一個甜點大師。他時而看浸泡的蘋果，時而轉頭注意烤箱，那個小小的廚房，彷彿成了他跳獨舞的舞台。

「所以，為甚麼妳會認為那個男生是幽靈？」趁著空檔，店長從一個罐子裡倒出咖啡豆到手動磨豆器中。

「不是嗎？詭異的蘋果園，不存在的男孩。我覺得，那天晚上我準是闖入某個異度空間了。」

「異度空間嗎？」店長笑著，仍是低著頭磨咖啡豆。

「你不相信有異度空間嗎？」

「我當然相信啊。」店長把磨好的咖啡粉倒進咖啡杯上的濾紙中。「只是我不認為那時妳是在異度空間。」

十五分鐘後，已經聞到餅乾的香氣，他先把浸泡著的蘋果瀝乾水，然後把烤好的脆餅小心翼翼地從烤紙上拿起。薄薄的脆餅烤成深棕色，傳來的陣陣香氣已讓我迫不及待想吃這道甜點。

最後店長把一塊餅放在盤子上，然後用擠袋把點點蘋果蛋黃醬擠在上面，再放上

幾塊蘋果，再擠點醬，然後又放上一塊餅。就這樣重複了幾次，就像玩疊積木一般，沒幾下功夫就疊了幾層，最後他捻一點肉桂粉隨意撒在上面。

「現做的蘋果脆餅。」店長微笑著把點心和叉子放到我跟前。「請享用。」

我用叉子把餅從中間切開，掏了一小口份量吃。

好好吃喔！

薄薄的脆餅烤得很香甜，中間的奶油餡帶著點點的蘋果味道，和肉桂味混合起來完全不會覺得膩。經過浸泡的蘋果帶著肉桂的香氣，但還可以吃得出是上好的蘋果。和一般的蘋果派不同，這個脆餅吃起來輕輕的，脆脆的餅和軟滑的蘋果蛋黃醬一起吃也有很特別的口感。

「好好吃。」我向店長豎起拇指，他笑著欠身道謝。

「為甚麼你說這是初戀的味道？」我邊問邊把第二口脆餅送進嘴裡，這次我沾了多點蘋果餡。

「妳吃這個時有甚麼感覺？」店長問道，他的聲音還是那麼溫柔，就像已融化入蛋糕中的奶油。

「唔……因為看到脆餅很薄，所以切開時是小心翼翼的。以為奶油餡會很膩，第一口不敢沾太多吃，可是之後念念不忘蘋果醬的獨特味道……」我抬頭看著店長。

「這……就是初戀嗎？」

「初戀嘛……很多人說，初戀就是人生第一場沒有開始便結束了的戀愛，」店長慢慢往濾杯倒進熱水。「發現自己第一次喜歡上一個人時，那乍驚乍喜的感覺，覺得自己長大了，可是又怕受傷害，總是小心翼翼，甚至否認自己的感覺。當若干年後回首一看，噢，原來那時候那個人，不就是我的初戀嗎？原來自己以後的人生，都殘留著那段初戀的痕跡。」

看著咖啡泡沫浮起，咖啡的香氣也在一瞬間瀰漫著整個甜點店。店長盯著咖啡杯，適時再加入熱水，並小心不讓泡沫溢出。

「我相信人生裡每個出現的人，都是有原因的。有些人喜歡回味那種遺憾的感覺，覺得初戀就是要留下未解的謎，『她為甚麼會突然轉校？』、『到底他有沒有讀到那沒有署名的情書？』可是有更多的人，選擇去尋找答案。因為覺得沒有解開疑問，就不能重新出發走下去。」

他把咖啡端到我面前。「妳，又是哪種人？」

4

午休的時候，我一個人走到學校的天台，躺在那裡，看著天空發呆。我知道這樣做很耍帥，可是只有看著天空，才不會覺得自己在鄉下，大城市的天空，也是一樣的吧。

「甚麼，竟然有人耶。」傳來女孩的聲音，原來是我班上那對小情侶想來談情，卻碰到了我這個電燈泡。

「啊，真不好意思，打擾了。」我說，可是全無離開的意思。

「真不可愛。」男孩說著向女朋友的臉頰吻了一下。「妳在這兒幹嘛？」

「看天空啊。」

「甚麼？」女孩抬起頭。「不是哪裡都一樣嘛。」

「就是一樣。」我連望也沒有望女孩一眼。「這才不像鄉下。」

「妳不想留在這兒嗎？」男孩有點錯愕。「那家裡的店怎麼辦？」

「不知道，我只是想到市內唸大學。」

「妳還要繼續唸書？」輪到女孩一臉驚訝。「我恨不得快些畢業！快些找工作，快些結婚，有自己的家庭……」女孩陶醉地挨在男孩身上。

「那你呢？」我看一看撫弄著女孩頭髮的男生。

「我？還沒有想啊。我又不像妳有家業可以繼承，我爸媽說可以供我上大學，但老實講我不太想唸書……啊，要不讓我到妳家店裡打工？這樣妳就可以放心出去，我也就不用離家。哈哈。」

「到我家店打工？你會選水果嗎？你能分別出好和不好的嗎？你會計算成本嗎？你有氣力搬搬抬抬嗎？」

「甚麼嘛？我只是說說罷了，幹嘛那麼認真啊？妳懂那麼多幹嘛不留在店裡幫忙？」男孩惱羞成怒，一手甩開女孩，氣沖沖地走了。

「喂！等等我！」女孩一臉無辜追上去。

我看著女孩的背影。這樣的男孩有甚麼好？不學無術，不知上進，所謂男人，不是應該頂天立地，帶領著他的女人，教她很多東西的嗎？

就好像……就好像……

蘋果園大哥哥一樣。

原來，那次的相遇，大哥哥把理想男人的形象烙在我心裡：溫柔、有學識、懂得照顧人，在他身邊，會有溫暖的感覺。

「沒有解開疑問，就不能重新出發走下去。」

「妳，又是哪種人？」

腦中響起了TROVARE店長的話。

我可以不查明真相，就這樣下去嗎？我是那種人嗎？

放學的時候，媽媽如常在校門等我。

「媽，」我甚麼也沒帶便跑出校門。「我今天要補課，妳先回去吧。」

「沒關係啦，我可以等妳啊。」

「不用了，妳在等，我有問題都不好意思問老師。」連老師也搬出來了，媽媽才不情願地回去。

對不起，我又說謊了。

確定媽媽離開後，我收拾好書包走到公車站。

從這裡到S鎮，要先到市內轉車，大約要一個小時。把握時間的話，晚飯時間可以回到家。就這樣，抱著像是卡通裡警惡懲奸的魔法少女的勇氣，我踏上了尋找真相的路途。在我心裡，有這麼一角，渴望著轉學生只是不清楚情況，大哥哥其實一直在蘋果園那裡。偶爾，他會想起，三年前曾經和一個女孩匆匆一遇，他會記掛那個女孩不知怎樣了？

「蘋果園？啊，我知道啊！」在S鎮商店街附近下了車，剛巧碰到一個看似買完晚飯的菜、準備回家的歐巴桑。因為那時我是誤打誤撞到了蘋果園的，所以我根本不知要怎樣走。「從這裡直走，在郵筒那條街右轉直走，會愈走愈像山路，從那裡大約走八分鐘便到了。」

「不過現在已經荒廢了耶。」她接著說。

「甚麼時候的事？」

「兩、三年前左右吧。自從經營蘋果園的夫婦搬走了後，聽說賣了給甚麼開發商，不過好像不了了之。」

「那……好的，謝謝妳。」我對歐巴桑行了個禮。

「小姑娘，妳去那裡幹嘛？」在我轉身正要走時，歐巴桑問。

「呃……我以前放假來附近玩過，想再看看那果園。」我撒謊了。「有甚麼問題嗎？」

「啊，天快黑了……妳最好不要到那裡。」歐巴桑靠過來。「那裡……有鬼。」

「啊？」雖然之前已聽轉學生說過，可是看到這個歐巴桑一臉認真地再說一遍，我還是不禁嚇了一跳。「……是不是一個男生的幽靈？」

「是啊是啊！妳也知道？」

「會不會是搞錯了？可能是園主的兒子吧？」我試探著。

「不，那裡只有兩夫婦在經營。」歐巴桑揮一揮手。「他們沒有小孩，我們那時還在猜是誰的問題呢。唉，他們倆從前很恩愛的，每隔一陣子就會看到他們一起出遊，不論是生意的事還是去旅行，如果有個孩子，也會踏實些吧。」

「咦？」我這時才留意到，原來歐巴桑背後那店鋪，就是當晚我和小麗去聽樂團的酒吧。可是酒吧已沒有營業，也沒有新的店家進駐，大門還是三年前的樣子，只是變得破舊了，還有一塊木板釘在門上。

注意到我視線的歐巴桑看看身後。「啊，這裡以前是酒吧，有些高中生樂團演奏。可是哪，都不是甚麼正經的人去的地方，很快便被取締了。」

歐巴桑還想再說下去，看她的樣子，一開始說人的八卦，沒有一、兩個小時恐怕說不完。所以我在她開始前便乘機離開。跟著她給我的指示，沒多久便來到那大門前。

當手摸著那已經生滿鐵銹的閘門時，冰冷的觸感是那麼的真實。可是閘門的另一端，現在只剩下一片荒涼，連半棵樹也沒有留下，看來曾經被人夷平過，但後來又荒廢了，可以看到有曾經施工的痕跡。

一路走來時，每碰到人我都會問，但都是相同的答案：經營果園的這家人，沒有孩子。

那大哥哥是誰？

那個聰明又溫柔的大哥哥，究竟是誰？

「咦，妳在這裡做甚麼？」背後傳來聲音，我回頭看見一個騎著單車的巡警，看起來有五十多歲，但體格還很健碩。

「呃，我，我來看看這裡。」

「又是那些試膽遊戲嗎？不行，天快黑了，快回家！」巡警留意到我身上的校服。「妳不是這裡人吧。」

「啊，不，我……以前來過這裡玩。」

巡警像是在腦中算日子。「那妳認識他們倆嗎？」

「呃……也算是……」總不能說我認識那不存在的兒子吧。

「這個果園都不知是不是受了咒詛。」巡警忽然感慨起來。「果園已經死過人，後來我還聽說那兩口子離了婚。之後有開發商看中這裡離市中心不遠，收購了這塊地想要建高爾夫球場，我們鎮上還高興了一陣子呢，想這小鎮整個格調也要提高了。可是好像發生了怪事，開發商也放棄了興建高球場，之後這裡便荒廢了，而且時不時便有鬧鬼的傳言，說甚麼有個男生的幽靈在這裡出沒……」

「幽靈嗎……」我看著大門內那一片荒地。才不過是三年前，這裡是種滿了一排排的蘋果樹，山丘下那亭子，大哥哥就在那裡照顧喝醉了的我，他給我倒水，讓我吃蘋果，當我吃出蘋果的味道不一樣時，他還稱讚我。

「真心所想的事，一定要說出來，不然就是欺騙自己。不能坦然面對自己的人，人生會很難過。」

腦中突然閃過那晚大哥哥說過的話。

「生命裡每一個出現的人，都是有原因的。」

咦？怎麼突然又想起TROVARE店長說的話？

是這樣嗎？店長說人生裡遇到的每一個人，都是因為某種原因才會出現在的。那時的我，只是想要融入小麗的生活圈，想要成為像她一樣酷的女生，明明不喜歡像她一樣和男生玩，也因為怕被人看扁而不說出來。

可是大哥哥說，不能坦然面對自己，人生會很難過。

是這樣嗎？就是要讓我坦然面對自己，我才會遇到大哥哥，即使那是幽靈？

如果真是這樣的話，那我再想起他，那意義是……

回到家裡已稍微過了點時間，爸爸已經在吃晚飯，媽媽則在玄關等著。

「對不起，晚了點。」還沒有換衣服，我便直接坐到飯桌旁開動，跑了一整個下午，肚子餓扁了。

「放學後去了哪裡？」爸爸邊把啤酒倒進杯子邊問。

「呃……學校補課嘛。」

「妳還在說謊？」爸爸大力把瓶子擱在桌上，那聲響讓我還以為瓶子會破掉。

「爸……」媽媽想勸爸爸，可是他示意叫媽媽不要插嘴。

「我們看天快黑了妳還沒回來，怕路上危險，便去了學校接妳。」

噢，穿幫了。

「為甚麼妳總要這樣？一次又一次地說謊！」爸爸在罵，可是，我聽到他的聲音在抖，我知道，那不是生氣過度的抖，他一定是想起三年前的事。

「爸爸，對不起。」我吸了口氣。「我去了市內，我想看看大學的校園。」

我又說了謊，可是，我說了心裡所想的。

「我想到市內上大學。」我看著爸爸的雙眼說。如果大哥哥的出現，是要我坦然面對自己的話，如果三年後的現在我又勾起了對他的思念，我只能想到，那是要我在人生的關鍵時刻勇敢說出自己的想法。

「妳說甚麼呀？」媽媽在我旁邊坐下。「不是說過畢業後讓妳繼承……」

爸爸微微舉起手，阻止媽媽說下去，他盯著我看了幾秒。「妳真的想上大學？」

「嗯。」我用力點頭。「我答應你，我是要去好好唸書，而不是去玩。」

全家人陷入沉默，我和媽媽都在等爸爸開口。

「好！」爸爸拿起盛著啤酒的杯子。「既然妳有這個理想，爸爸會全力支持。」

「爸，那店怎麼辦……」媽皺著眉。

「我們身體還這麼健康，還可以多幹幾十年吶！擔心個屁！快去拿一瓶啤酒來，我們一家人慶祝一下，慶祝女兒長大了，哈哈。」

我鬆了口氣，看一看外面晴朗的夜空。大哥哥，謝謝你。

5

一個月後我到市內的大學開放日參觀，還拿了一些學科的資料。回去的時候可能剛巧是下課時間，很多學生在校園內走動，也有很多像我一樣在停車場拿回機車，剛巧停在我旁邊的那部機車主人也來拿車，那是一個戴著醒目的紅色安全帽的男生，可是看不清他的面貌。我讓他先把車騎出來。

「謝謝。」男生禮貌地說，我微微點頭回應，這時突然看到男生的手。

咦？

男生的手背，有個星形的疤痕。

「小時候的事，我拿著樹枝舞弄，最後弄傷自己了。」

我記起了，大哥哥的手背，也是有同樣的疤痕！那隻又大又溫暖的手，那隻第一次觸碰的男生的手……

在我回過神來時，那男生已經騎著機車，在通往大學大門的道路上。

我以最快的速度跳上機車戴上安全帽，向那男生追去。

大哥哥不是幽靈！

剛才那個人有和大哥哥一樣的疤，是小時候弄傷的！如果大哥哥不是幽靈的話，應該差不多是那個人的年紀。所以……

所以，那個人是……

看著遠遠的紅色安全帽，機車的車速，也和我的心跳一樣愈來愈快。

要追上他！

可是我的運氣沒有持續很久，拐了幾個彎後我便跟丟了。我只好在附近兜圈，看看能不能找到他的紅色安全帽。

大哥哥不是幽靈，他是活生生的人！

可是，如果大哥哥不是幽靈，那果園的怪事又怎麼解釋？如果不是異度空間，杯子又為甚麼會滾上坡道？S鎮上的人又為甚麼沒見過大哥哥？

就這樣我邊想邊慢騎著，差點忘了要找人。這時我又聞到那熟悉的奶油香氣。原來不知不覺間，我又來到了TROVARE所在的巷子。不過這天不同，我聞到奶油香氣中還夾雜著水果的香味。我把機車停在店外，我很想告訴店長這一切的事。

「嗨！歡迎光臨。」店長還是一貫溫柔的笑臉。「剛好我泡了水果茶，純天然沒加糖的，來一杯吧。」

原來那是水果茶的香味。店長用一個小巧精緻的骨瓷茶杯盛了一杯水果茶給我，旁邊還放了一個一口大小的奶油蛋糕。我喝了一口，是蘋果茶，雖然沒有加糖，可是僅水果的甜味已很足夠，有一種很清新的感覺。

「有甚麼事嗎？」店長邊切蘋果邊問，他果然能看穿人心。

我重重嘆了口氣，然後像是告解一般，把所有的事告訴了店長，包括之後我跑到S鎮看蘋果園的事，還有那天回家後爸爸怎樣同意讓我上大學。

「所以說，妳確定妳剛才是遇到那大哥哥了？」店長把紅茶茶葉和幾塊小小的肉桂放進茶包中，他的動作是那麼細膩，不知道的話還以為他是在整理花藝。

「嗯，那肯定是人。」我把茶杯裡剩下的水果茶喝光，並吃了那一塊泡在茶裡的蘋果，雖然已泡在水中一陣子，還有著很香濃的蘋果味，果然這店子用的都是上等貨。可是，每次來這裡都沒見到有其他客人，成本又這樣高，我真替他擔心這家店會不會倒。「可是，如果大哥哥不是幽靈的話，很多事情無法解釋呢。」

「那如果他是幽靈的話反倒解釋得通嗎？」店長有點似笑非笑的表情，他大概以為我瘋了吧。

我點頭。「我不是說過的嗎？如果大哥哥是幽靈的話，在我遇見他的一剎，其實是闖進一個連接著我們世界的異度空間。所以在那裡蘋果會滾上山坡，也是那時大哥哥所指蘋果園的秘密。」

「哈哈，異度空間……嗎？」店長把酒精爐點燃，並把蘋果和茶包放進爐上的玻璃茶壺中。「我不是也說過，我不認為妳那時闖進了異度空間嗎？不過既然妳的大哥哥是人，那為甚麼會有男生的幽靈在果園？」

我無言，店長說得對，如果他是活生生的人，那為甚麼S鎮無人認識他？這時店長把新泡的蘋果茶倒進我的茶杯，還給我放進兩塊蘋果。

「大哥哥不是幽靈，他是人，我剛才就碰到了。可是，如果果園不是幽靈空間，杯子又怎會滾上坡道？」我說著邊把這一杯蘋果茶裡的蘋果放進口中，我清楚記得，倒下之前，我看見杯子是滾上坡道的。

咦？

我抬頭看著店長，他正把茶杯端到鼻尖前，閉著眼聞著蘋果茶的香氣。

「雖然不是最好的蘋果，但用來泡茶還不錯。」店長說著，然後輕輕喝了一口。

這一壺茶用的蘋果，沒有第一杯那麼好吃。不單是甜度，而是整個感覺，質感、味道的釋放……都不及剛才那個。

「兩個蘋果都是來自同一個果園，也是同一品種。」

聽到店長的話，我呆住了。對了，那時候也是這樣。

「有時候果園坐落在山坡上，由於地勢的關係，泥土表層的養份都被雨水沖到坡下，種在山坡上的果樹，要很努力才能得到養分，所以它們的根都很強壯而深，以便獲得深層泥土中較多、較豐富的養分。反而在坡下的果樹，很容易便拿到所需的養分，根扎得沒有很深，也只吸收到泥土中比較淺的地方。而且，坡道下的地方冷空氣容易積聚，所以那裡的果樹比坡上的容易被凍傷。」

「所以即使是同一個果園，坡道下果樹出產的水果沒坡道上的好。」我再吃了一塊茶杯裡的蘋果，細品它的味道和質感。「咦？可是這不對呀。」我停下咀嚼的動作，開始尋找那老遠的記憶。

我記得那時蘋果是放在兩個不同的籃子裡。

「這籃子裡的是從那邊的果樹摘的。」那時候大哥哥的確是指著遠處山丘上的果樹。然後我拿起那個籃子裡的蘋果吃了一口，發現沒那麼好吃。就是那時，大哥哥說要把自己的感覺說出來，要做一個能坦然面對自己的人。

「我記得，是山坡下的果樹的蘋果好吃點。」我搔搔頭。「可是根據你說的，坡道上的蘋果才應該好吃點……呀。」

「還沒發現嗎？」店長笑著。「很簡單的邏輯題，如果這樣說的話可能較容易看穿——A蘋果好吃點，而長在山上的蘋果是好吃點的。所以……」

「A蘋果是長在山上的。」我插話。

「很好，那第二題。A蘋果是長在山上的，東西是滾下山的，所以……」

「呃？」我語塞。邏輯上來說，東西是不會滾向A蘋果樹生長的地方。可是問題是，我記得，杯子是滾向山上的，而山上的蘋果是沒那麼好吃。

看著我滿腹疑問的樣子，店長一點也不顯出驚訝。「妳說過鎮上的人都說果園是被詛咒的？所以建甚麼都建不成。」

「嗯，本來是要建高爾夫球場的，可是不成了。這有甚麼關係嗎？」我隱約好像感到甚麼，但又說不上來。

「妳聽過『磁力山』嗎？」

「『磁力山』？」

「很多年前，外國有一些地方，居民發現停在山腳的車子竟然會自己駛上山，因此以為山頂有磁力，把車子吸上去。可是後來發現，那只是錯覺。」店長拿了一張紙巾，並開始在上面畫圖。

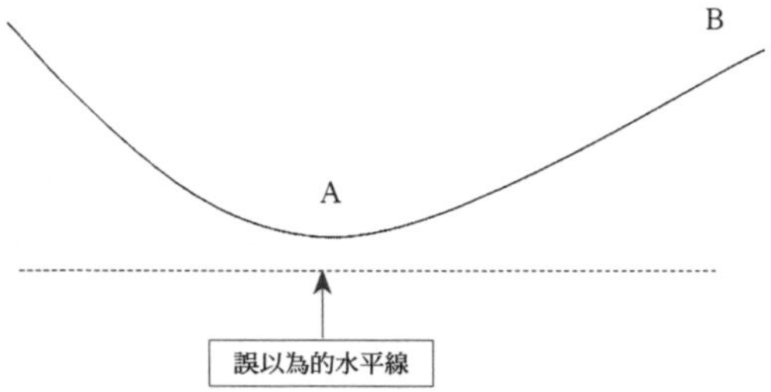

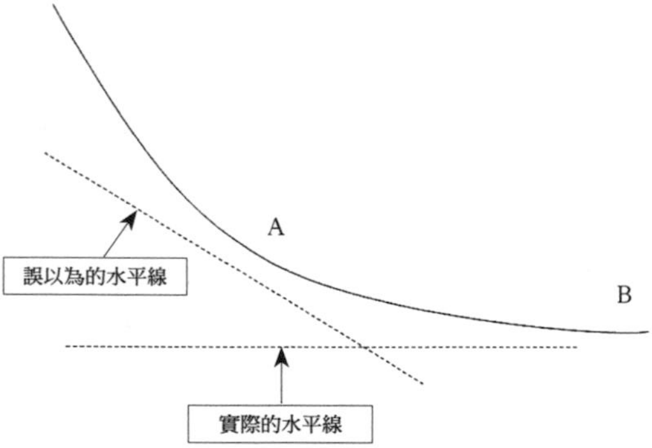

「因為地形關係，人們對水平線的認知有偏差。那其實是擁有兩種斜度的山，可是視覺上卻以為是呈V字的地形。

「所以當妳在A點時，妳以為B點是山頂，可是那裡其實是山腳。」

所以那時我以為杯子是滾上坡，其實它是在滾下坡道。那就解釋了為甚麼山頂的蘋果會不及山腳的好吃。也是因為有這種容易令人混淆的地形，所以不能在那裡建高爾夫球場，因為打球時都不能正確判斷要怎樣打。

就是這樣嗎？我以為是異度空間的果園，原來竟是自然世界做成的錯覺？

「好了，即使那是自然現象，可是不應存在的大哥哥又怎樣解釋？鎮上的人都說果園主人夫婦沒有孩子，那我遇到的大哥哥不是幽靈是甚麼？」如果大哥哥是幽靈，那為甚麼我卻會碰到一個和他一樣手背有疤的人呢？

「妳是被先入為主的感覺影響了判斷而已。因為妳覺得大哥哥是幽靈，便把得到的資訊當成是支持他是幽靈的證據。」

我把杯中剩下的蘋果吃完，邊思考店長的話。

「如果兩夫婦沒有孩子，而妳又在那裡遇到，最可能的說法，不是認識的人的孩子來玩嗎？妳在果園時看不見其他大人，而大哥哥又說不能離開果園，可能就是大人們出去買東西還是甚麼的，叮囑他在看家甚麼的。」店長繼續說。

雖然店長的說法很有道理，但是總是覺得哪裡不對勁。

「可是，他說過那是他爸爸的果園！而且他對蘋果的認識，不像只是那天剛巧去玩的人。還有我到蘋果園的時候已經很晚了，甚麼買東西的？」

「剛才那只是其中一個可能性罷了，我也覺得那孩子不是親戚那麼簡單。我認為……他確實是園主的兒子。」

怎麼呀？鎮上的人不是說了，他們沒有孩子的嗎？

看到我一臉不解的表情，店主微微一笑。「是園主的兒子，不過不是他太太的兒子。」

「啊！」我掩著嘴。店長指的，是大哥哥是私生子。

「妳想想，妳不是說，後來他們夫婦離婚了嗎？大概是太太發現丈夫竟然有個那麼大的私生子，無法接受而離婚吧。那天可能因為某種原因，男孩不得不到果園去，可是沒有見著他爸爸。剛巧那時妳到了蘋果園，因為不想在帶妳去公車站時錯過了回來的爸爸，加上妳當時的情況，所以他才不想大搖大擺地帶著未成年又醉酒的妳去公車站。可是，發生了不得已的情況，男孩還是被發現了。」

不得已的情況……？啊，我知道了。

「我在果園倒下了。」

我還以為店長會繼續說甚麼，可是他停下手中的工作。

「怎麼了？」我問。他只是以兩手撐著櫃檯，低下頭嘆了口氣。

「其實妳不說也沒關係，妳還沒有告訴我所有的事吧？」店長沒有抬起頭，透過他額前垂到一邊的頭髮，我看到他是在看著我。「倒下的，不只是妳。」

我感到我的臉僵住了。「甚、甚麼所有的事？」

「整個事件，有一件很重要的事妳沒有說吧。」店長回去清潔剛才泡茶的用具。

「因為那件事，妳父母當年才會那麼匆匆搬走，而且整天不讓妳離開他們的視線，並不再在店裡賣蘋果。」

究竟是哪兒出錯？這小小甜點店的店長，為甚麼竟然會看穿？

「你是怎樣發現的？」

「妳說那天在蘋果園，妳跪坐在鬧門前，可是大哥哥卻說：『怎麼躺在這裡？』；然後他把『兩杯水』放下。在妳告訴我的故事裡，妳隱瞞了的是，妳不是一個人到蘋果園。」

我沒有回應，只是默默看著店長把蘋果放進另一個玻璃茶壺中。

「如果妳不是一個人，那另一個人是誰呢？」店長看了我一眼。「是小麗吧？」

我緊緊捏著裙子。只憑那一點點的說溜了嘴，他竟然可以察覺到？

「在妳的話中，有些地方我很在意。」洗完工具後，他開始整理櫃裡的甜點。「妳倒下後，醒來卻是在市內的醫院，妳父母也安排了妳口中奇怪的檢查——那是婦科檢查吧。如果只是醉酒，為甚麼要到大醫院，還要做婦科檢查？

還有，事件發生後，妳父母不再賣蘋果，看起來好像是不願再想起那件事，可是，妳爸卻在家喝啤酒。女兒國中時在外醉酒，既然做到不賣蘋果的地步，那做為父親的應該也不會在家、在女兒面前喝酒吧。

妳說過，在妳出院後待在家那段日子，有穿西裝的客人來過，而妳父母告訴妳要搬家的那天，妳母親是穿了一套黑色的洋裝出門。

奇怪的是，妳不能相信大哥哥是幽靈，可是不論是轉學生、S鎮的歐巴桑、那裡的巡警，當他們說到蘋果園那裡死過人，妳卻不覺得奇怪。」

我盯著店長，他的臉仍是像一個鬧彆扭的大男孩，可是他比那天來我家那兩個西裝男要更聰明。

「一般人聽到『蘋果園死過人』和『有男生的幽靈在蘋果園出現』，都會聯想到『死了的人化成幽靈徘徊在蘋果園』，但是妳沒有。所以，蘋果園死過人，妳是一開始就知道的。而且，妳肯定，『死了的人』不可能是大哥哥。可是為甚麼妳會肯定呢？」

店長再度放下手中的工作，輕輕嘆了口氣，神情也哀傷起來。「那個『死了的人』，是小麗。」

臉頰有濕潤的感覺。原來我的雙眼早已充斥了淚水，像滿瀉了的杯子，眼淚一直滑下臉頰。

「如果我沒猜錯，小麗是死於服用過量藥物。妳刻意隱瞞，把在酒吧吃的說成是糖果，其實，那是興奮劑之類的藥物。樂團那些人，引誘妳們嗑藥，希望佔妳們便宜。幸好妳只是喝了酒而沒有嗑藥，當妳發現他們不懷好意時，已經服了很多藥的小麗已經不省人事，妳辛苦帶著她離開酒吧，走到蘋果園時，妳已沒有力氣。

發生杯子滾上坡道後，妳回頭發現小麗情況不太妙，我估計，妳是出於驚嚇而昏倒。」

我點點頭。「那時我一轉身，發現小麗口吐白沫，面無半點血色……就是一副死人的模樣。」

「妳們被送到醫院，妳父母大概知道了妳和小麗去酒吧聽樂團表演的事，不知妳有沒有被樂團的人侵犯，所以，他們要求醫院檢查。

「小麗死了，警方當然會介入，妳說那穿西裝登門造訪的，就是刑警。而之後妳媽媽，就是代表你們一家出席小麗的喪禮。還在國中的女兒捲入這樣的事件，妳父母一定很自責，所以之後對妳寸步不離，怕妳再行差踏錯。也為了讓妳能重新開始，他們決定搬家。」

我記得，那天媽媽回來時，除了衣服沾了雨水，她臉還紅了一大片，爸爸只是默默替她冰敷。我知道，一定是給小麗的家人打的。如果我及時送小麗到醫院，也許她就不會死。

「是的，是我害死小麗。」我握著拳頭放在膝上，淚水已經不停滴下。「我還想坦然面對自己，有自己的人生甚麼的。我，我想我是不可能走下去的……」

「沒有的事。」不知何時門口站了個男生，黝黑的身軀加上一頭清爽的短髮，如果不是穿著整齊的T恤，還以為是在海邊打工的男孩。他把紅色的安全帽抱在胸前，能清楚看見他手背上那星形的疤痕。

他向店長微笑點頭。「剛才就覺得在停車場的女孩很眼熟，想著想著就聞到了蘋

果的香氣，跟著氣味便來到了這裡。太不可思議了，你們竟然在談我小時候的事，所以在外面偷聽了一會兒，對不起。」

「沒關係，既然來了，那就來一杯蘋果茶吧。」店長招呼男生坐到我對面，並倒了一杯蘋果茶給他。

「如你們所猜，我是個私生子。我和媽媽住在市內，爸爸和他太太在S鎮經營著果園。她和爸爸的過去我就不說了，可是從小媽媽常常都會趁爸爸的太太不在時，帶我到果園去和爸爸見面，從小媽媽只說，爸爸要在果園工作而不能和我們一起住，而每隔一陣子媽媽也會帶我到蘋果園去玩，所以那時我根本不知道自己的身分，一直到上大學時媽媽才向我坦白。

「那天晚上媽媽突然發高燒，把她送去醫院後雖然沒甚麼大礙，可是她就一直在夢中叫著爸爸的名字，我不忍心看到媽媽這樣，所以明知不能這樣做，我還是深夜跑到S鎮。那時沒有想太多，只是想去求爸爸到醫院看看媽媽。可是，當我潛入蘋果園時，那裡沒半個人，正在想該怎麼做時，就遇到妳們了。」

我記得S鎮的歐巴桑說過園主夫婦經常出遊不在果園，也許大哥哥就是剛巧在那個時候去找他父親。

「那時嚇了我一跳，妳已經醉得滿面通紅，而妳朋友更像一攤爛泥似倒在地上。我想不能讓妳們兩個女孩子這麼晚去找路，可是也怕帶著妳們兩個未成年醉酒的女孩會惹上麻煩，便打算讓妳們待到酒醒才離開……如果我知道妳朋友原來嗑了藥的話，我一定立刻送她去醫院……可惜已經太遲了……S鎮的刑警聯絡到我爸，因為事件涉及未成年人士，加上我爸強烈要求，很快便查證和我無關，所以我的事只有幾個刑警知道，甚至連當地巡警也不知情。當然，事件結束後，爸爸的太太便和他離婚了，並賣了蘋果園。然而畢竟那裡滿載了不少我童年時和爸爸一起的回憶，所以之後我常常趁夜晚溜進去緬懷一番。」

所以就有了果園裡有男生幽靈的傳聞。

我不知說甚麼才好，想起小麗，我能做的只是不停地流淚。

我以為店長這時會說甚麼，可是他只是默默回到櫃檯後面，反而大哥哥卻走到我身邊。

「悲劇已經發生，已經不能挽回。就好像當年媽媽婚外情懷了我一樣。」他撫著我的頭髮，就像哄小孩一樣。「當年她勇敢面對自己，決定了坦然面對自己，人生才走得下去。」

「妳不是一個人，」店長開口。「妳有拚了命支持妳的父母，他們搬家從頭再來、不賣蘋果、甚至對妳寸步不離，都是為了讓妳能繼續走下去，不是嗎？」

「是啊。而且，從今天開始，妳還有我啊。」大哥哥開朗地說。「以後有甚麼事，儘管告訴我！」

我抹了眼淚，看到大哥哥臉的一瞬，我笑了，因為我覺得，自己好像變成了卡通中揮動著神仙棒變身、充滿了力量的魔法少女……

本命斯摩餅

表白，
是要賭上一生的勇氣

我，今年二十歲，是一個大學生。我愛上了一個和我完全屬於兩個世界的人……

1

少女身後的背景，是一個個的漩渦。

跪坐著的姿勢，讓她身上水手服的百褶裙剛好蓋著大腿，她雙手掩著鼻子以下的臉部，非常修長的手指完全遮蓋了她的嘴。

少女雙眼瞪大，可是眼珠都是白的，完美捲曲的眼睫毛差不多長到耳邊，而在她的臉上，也是最重要的，是從額頭向下延伸到眼肚下的直線——對，少女漫畫中，女主角遇上恐怖事情的必備元素——背景的漩渦，白色的瞳孔，和臉上的直線。

我現在的表情應該也差不多吧。

跪坐在豪華府邸裡媲美專業廚房的地上，地磚非常冰冷。和純情的少女漫畫不同，因為受驚而跌坐在地上的我，身上的裙子並沒有剛好蓋著大腿，而是隨性地擺向一邊，現在的我，左邊差不多整條腿也外露，差點可以看到內褲。

令我這樣驚恐的，是剛才發現掉落在流理台下面的東西，那是一根擀麵棍。當然，廚房掉落了擀麵棍也不是甚麼值得驚恐的事，問題是，當我拾起那擀麵棍時，看到上面沾著深紅色的液體，而我還蠢得用手指去碰，那黏黏的感覺，和那腥味，絕對是血沒錯。

冷靜下來後，我連忙洗手，拿著剛做好的點心，確定沒有人看到後，趕緊離開廚房，神不知鬼不覺地快速回到花園東側的派對會場中。現在當務之急，是要找到安東，把手中的東西交給他。

「艾莉！我剛才還在找妳呢！妳去了哪裡？」正尋找安東的身影時，一名女生逮住了我。我記得她叫珍妮，雖然今天才認識，但她已經對我很熱情。

「噢，我在後園那邊走走，這個花園那麼漂亮。」

「我還以為妳在屋子裡呢。」

「不不不，我一直都在屋外。」腦中又出現了那根染血的擀麵棍，我下意識和屋子劃清界線，並努力叫自己不要去想，免得露出破綻。

這時花園傳來一陣騷動。

「不得了！桃樂西受傷了！」有人跑過來喊著。「好恐怖！好像是被甚麼人襲擊，頭部不停在流血！」

桃樂西被襲擊，頭部還流……血？是那根擀麵棍！有人用那個襲擊桃樂西！這樣看來，我的情況很不妙。

絕不能讓人知道我到過廚房。

2

去年夏天，大學的姊妹淘問我有沒有興趣去打工。聽說好像是大學的僑生搞了個夏日活動，模仿外國的市集加嘉年華會，因為是非營利組織，當中找了不少廠商贊助，其中一間是外國的果汁酒代理。他們在嘉年華會有一個攤位，正在找打工學生做推廣的工作。

「因為去那個嘉年華會的大都是在這裡工作的外國人和僑生，所以他們本來是想找在外國長大的僑生，薪水也比一般打工好呢。我表哥在那公司工作，他說根本沒有女僑生願意做，因為我是英文系，所以他才給我試試，不過就要扮成ＡＢＣ。他們還欠一個人，妳的英語會話不也是很好嗎？我聽過妳上課做的簡報，應該可以矇混過關。」

「可是……是不是要穿得很暴露？」

「不會啦，又不是啤酒促銷，不用擔心。」姊妹淘一再保證。

當然後來我瞭解到，姊妹淘的保證，和小孩子說沒有偷吃糖果一樣，可信性甚低。活動當天的服裝，根本就是短裙和背心。不過幸好，活動是在白天進行，而且來的人都很斯文。我和姊妹淘的工作，就是分送試喝，並邀客人到攤位那邊的吧檯坐坐，聽調酒師介紹不同的調飲。後來我手上的試喝品送完了，便走到吧檯旁，彎下身在旁邊的紙箱中找裝飲料的紙杯。

「喂！你在幹甚麼？」身後突然傳來一陣英文的喝罵聲，我回頭，只見一個大學生模樣的男孩抓著一名中年外國人的手腕。那個小眼睛男生很高大，梳著一頭運動型的短髮。

「你幹嘛抓我？你知道我是誰嗎？」外國人用英文回敬那男生。他說得對，在這裡的外國人，多是跨國企業的高層，可不好惹。

「如果你是甚麼大人物，更不應該有這樣的行為。」說著，男生舉起他抓住的那老外的手腕。

我這才留意到，那外國人手中有一部小小的相機。

「啊！」我下意識按住後面的裙襬。原來剛才我彎下身找杯子的時候，這個老外偷偷用相機拍我的內褲。

「放手！」老外甩開男生的手，快步離開吧檯。男生還想追上去，但我阻止了他。

「算了吧。」我用英文說。

「這種人不能姑息的。」他還是一臉不悅。

「算了。」我瞄一瞄調酒師和我的朋友，我也不想說太多話，畢竟我是在扮ＡＢＣ，說太多恐怕會露了餡。

聽到我這樣說，男生的表情也稍微緩和下來。「妳真是好人。」他明白我在暗示不想給朋友帶來麻煩。「我叫安東，是主辦這個活動的大學僑生會的人，我去和在場的義工說一聲，如果再有人騷擾妳們的話，請告訴我們。」安東綻開一個陽光般的笑容，彷彿要讓我安心一樣。

「呃……嗯。」我微微低下頭。

所謂心動，說的就是那一刻吧。就是那一個微笑，那一個不管對方是誰也願意保護我的男生……

在早上通勤時間擠爆的公車上，穿著私立教會女校制服的少女一隻手抓著拉環，另一隻手挽著書包，努力保持平衡，希望不要倒到旁邊的人身上。

少女不經意看到站在她旁邊的上班族，他一隻手抓著拉環，另一隻手拿著一份報紙在看。是英文報紙耶，少女瞄了那上班族，他大約三十多歲，架著眼鏡，一副菁英的模樣。可能是車內太擠了，上班族放棄了看報，他把報紙放進肩包的側袋，換了隻手抓拉環。

咦？

少女感到身後有點奇怪，有甚麼碰到自己的屁股。是太擠了吧，少女稍微移動一下。不對，屁股仍是被貼著……不是，是有一隻手在摸她的屁股，而且那人愈來愈放肆，已經不是單純在裝作不經意碰到，而是有所動作。少女感到很尷尬，要回頭喝止那色狼嗎？可是車上那麼多人，根本不知道是誰。

還有三站便下車，不如忍一下吧。

可是那人完全沒有停下來的意思，他還撩動著她的裙子，想要伸手進去的樣子。

不要！

「喂，大叔你有完沒完！」一把聲音在少女後面響起。

「你！痛痛痛！」少女旁邊的上班族突然一臉痛苦。「臭小子！快放手！」

少女轉過頭，是一個穿著附近公立高工制服的男生，染著一頭金髮的他制服襯衫完全外露，鈕釦也沒扣上，露出裡面穿的球衣，他一把抓著她身旁那上班族的手。

「大叔你一直在摸人家女孩屁股，我都看到了！」

「你你你在胡說些甚麼？我才不會在公車上摸女生屁股！你是哪所學校的，那麼沒禮貌！」那上班族邊罵著邊悻悻然在下一站下了車。男生還想追上去，可是少女阻止了他。

「算了吧。」她輕聲說。「啊，我下一站下車。」

雖然不同站，但男生也跟著她下車。

「你不是這個站的耶。」少女深深地鞠躬。「對不起！給你麻煩了。」

「呃……妳不要介意，我覺得那人太過分了。擺出一副菁英的樣子，可是背後卻是在摸女生的屁股。對了……」男生雙手插在褲袋，右腳在踢石子。「如果妳不介意的話，明天……我們一起上學吧，那就不會有色狼敢走近妳……」

誒？

少女看著那男生，可是他低著頭在踢石子，額前的頭髮完全遮蓋著他的眼睛。

「嗯。」少女點點頭，這時候也看不見少女的眼睛，因為她整個臉也是斜線……

「對了，艾莉，妳之前是住在哪裡的？」安東的聲音把我帶回現實。「我上大學以前都住在舊金山。」

剛才被老外大叔騷擾事件，讓我想起少女漫畫中經典的公車色狼情節，而當中經典中的經典，就是有錢、溫柔、功課好的女生，被流氓學校的男生挺身相救。

在嘉年華會結束後，安東又來到我們的攤位。「那個人沒有再回來找麻煩吧？」安東說要送我到車站，我們就這樣走著。這時我才發現，安東很高，我還差一點才到他肩膀的高度。這樣並肩而行，有種被保護的感覺。

「啊，我住在波士頓。」隨便替自己改了個英文叫艾莉的我，隨口說了個我知道的美國城市，反正那天以後可能不會再見。既然我是在扮ＡＢＣ，就一直扮到底。我吹噓了另一個人生：自小被這裡經營生意的父母送到波士頓的親戚家，因為高中太反叛，畢業後被父母勒令回來上大學。

相比之下，安東很老實的說他是考不上美國的一流大學，便乾脆回來。雖然說的是丟臉的事，可是他好像不太在乎，說完還開朗地笑了幾聲。

現在的我，如果是在漫畫中，一定是被斜線蓋著整個臉吧，我也感到心中小鹿亂撞。

「啊，到了。」不知不覺，我們已走到車站。那一刻，我突然好想好想能再見到他，好想能再聽到他的笑聲，好想像是被保護那樣走在他身邊。

「對了，妳聽過大學僑生會嗎？那是不同大學裡的僑生合辦的聯會。」臨別時他問我。「今天的活動，就是大學僑生會辦的。妳……有沒有興趣參加？」

他他他他邀我參加他們的僑生會耶！這不是夢，這是一場命運的邂逅！

和安東交換了聯絡方法，我沒有直接回家，而是走到最熱鬧的大街上。安東已邀我參加下星期六的茶會，我想去選套時尚一點的衣服。

只有一個問題。

我剛才對安東撒了謊，我說自己是在波士頓長大的女孩，那時以為不會再見面所以沒有想太多。可是現在……不過謊已經說了，現在只能假裝到底。

這時，一陣奶油的香氣飄來，我頓時感覺很餓，這才想起中飯只吃了一點點。

我跟著香氣傳來的方向，走到一條似曾相識的巷子裡，和外面熱鬧的大街不同，這裡沒半個人，只有一間甜點店在營業。掛在櫥窗上方，刻著「ＴＲＯＶＡＲＥ」的原木招牌微微隨著風擺動，像是要招攬大街上的客人。

「ＴＲＯＶＡＲＥ」不是英文，我知道，是義大利文中「找到」的意思。

我特意駐足看看櫥窗裡面陳列著的巧克力和餅乾禮盒，不是一般法式甜點店那種裝高級的包裝，反倒像是歐洲老奶奶在山腳小屋做的點心，做為送給鎮上人的禮物。

推開鑲有彩繪玻璃的門，一走進店裡便聽到機器運轉的聲音。櫃檯後面開放式廚房的工作檯上，有個在轉動的攪拌器，也就是聲音的來源。在攪拌器旁邊的，是個子不高的男孩背影。聽到有客人進門，店長轉過頭來。

「妳好。」他微笑著向我打招呼，兩邊嘴角那點點沒有刮淨的鬍碴，也隨著他的笑容向上揚。也許是在做甜點的關係，他把額前那本來是垂在右邊臉頰旁的頭髮都梳到後面，並用髮夾夾起來，這使他那深邃的雙眼更加突出。

「你在做甚麼？」我伸長脖子想看攪拌器裡面的東西，因為整個店都瀰漫著甜甜的香氣。

「這是手工棉花糖。」店長指向高達腰部的陳列櫃。櫃裡放著幾個純白色的盤子，盛著不同顏色的棉花糖。大概是手工製作，所以形狀大小都不一樣。

「妳看起來心情很好。」店長整理一下身上的黑色圍裙，走到櫃檯前微笑地盯著我看。

「嘻嘻，今天的確有開心事。有甚麼甜點推薦？」

「現在的妳，吃甚麼也是甜的。」店長在取笑我。「先來杯咖啡吧。」

沒多久，店長端來一杯咖啡，裡頭有一顆橙色的棉花糖在漂浮。

「這……是棉花糖？」

「嗯，柳丁味。」

「棉花糖和咖啡？好像不太配吧？一般不是把棉花糖放進熱可可或是熱巧克力裡的嗎？」我好奇地捧著那杯咖啡。「還有，柳丁和咖啡？味道不會很怪嗎？」

「是誰決定棉花糖不能加在咖啡中？只要覺得好味道，又何必介意？還有，」店長向我使了個眼色。「柳丁和咖啡，聽起來好像不搭調，可是妳試試看，保證有意想不到的發現。」說著他便回到工作檯，把打得亮亮的棉花糖糊倒在鋪滿了白色粉末的烤盤上，再用保鮮膜蓋著烤盤，並放進冰箱。

我狐疑地看著店長，一邊啜了口咖啡。棉花糖已經融化了一半，咖啡裡有淡淡的柳丁味。真的耶！因為是棉花糖，所以不太嚐到柳丁的酸味，可是那淡淡的柳丁香氣，和在棉花糖中的柳丁皮屑的微澀，卻真的和咖啡非常配。

我看見自己的臉在水杯裡的倒影，想起了安東的笑臉。

柳丁和咖啡，也可以是絕配。

3

桃樂西是這個派對的主人，她受傷的消息當然引起所有人的關注。我雖然也關心她的情況，可是眼下我更著急尋找安東的蹤影。幸好安東的個子夠高大，我很快便在人群中看到他。

有人不知對他說了甚麼，聽完後他立刻拔腿就跑，剛好也是大夥兒在走的方向。我跟著一起走，來到了大宅北面的後院。桃樂西的家是坐落在斜坡上的大宅，地勢是沿著房子後方向下斜，所以從她家的後門去花園，要先經過一個離地面差不多三米高的木造平台，再走下樓梯才到達。因為我們從花園東側過來，而不是從大宅內出來，所以不用走下平台的樓梯便來到後院。

我在重重人牆後面總算看到發生了甚麼事。桃樂西好像暈倒了，幾個傭人扶著她躺坐在地上，其中一名傭人焦急地用毛巾按著她頭的右側，白色的毛巾已有一半被染成紅色。

安東在她旁邊，他在哭，雖然也有可能是因為擔心朋友的安危而哭，但現在看來應該不是——在安東懷裡的，是小屁——安東飼養的小狗。小屁倒在那裡一動也不動，看來是死了。我不是沒有同情心，而是如果任何人看到小屁頭顱上的傷，應該也會有同樣的結論。小屁的前額染著一大片血跡，在桃樂西躺坐著的不遠處草地，也被血染得一片深紅。

「小姐醒了！小姐醒了！」傭人高聲叫著。

「桃樂西。」安東握著她的手，他剛才因為抱著小屁而沾上的血跡也沾到桃樂西的手。「發生了甚麼事？」

「安東……」桃樂西看著他，聲音有點虛弱。「我……我從屋內想抱小屁去後院玩，可是……在平台那裡，有……有人襲擊我，把我推下樓梯，小屁……頭撞到地上……對……對不起。」

「那妳有沒有看到是誰做的？」

「沒……安東，對不……起。」

「不用擔心，救護車快來了。小屁的事，妳不要自責了。」安東還沒有說完，推著擔架床的救護人員就在傭人的帶領下來到後院把桃樂西送走。沒多久，有個穿著黑西裝白襯衫，年約六十多歲的男人走來，我認得他是這裡的管家。

「各位客人，敝姓張，是這裡的管家。如閣下看到，我家小姐受傷了。剛剛我已經向傭人們瞭解過事件。請容我向各位說明一下。」

一下子大家都靜下來，像張管家這種年紀，應該是上一代就已經在這個家了，說起話來雖然有禮、卻有獨特的威嚴，這些少爺小姐們也不由得敬他三分。

「據小姐被送上救護車前說，她被人推下平台的樓梯，可是她看不到是誰做的。請問，各位當中有沒有人看到事發經過？」

所有人都搖頭，有些人出聲回答：「沒有。」

「那個不是監視器嗎？」其中有人指著安裝在牆壁上的監視器。「看一下就可以知道誰是犯人了吧。」

「很不幸，那個監視器只有晚上才會錄影。所以事件發生時甚麼也沒有拍下。」張管家仍是那撲克臉。「那我就開門見山吧，這大宅的四周都有圍牆，最近的住家離這裡也有一公里遠，所以我敢大膽假設，犯人是當時在這大宅內的人。雖然小姐受了傷，但老爺的意思是，既然小姐沒有生命危險，他也不想把事情鬧大，畢竟各位府上都是有頭有臉，不必讓這事變成一般市民茶餘飯後的話題，所以我們沒有報警。」

其他人零零星星地點頭同意張管家的話。

「可是，有人弄傷了小姐這是事實，我希望可以弄清真相，所以接下來可能要各位稍微留下來一會兒，我有些問題想問問大家。但考慮到各位家人可能會擔心，我先給

點時間讓各位通知家裡一聲。我會在那裡的休息室，有甚麼需要和我說的，可以來找我。」他指一指平台那邊，說話時掃視著每一個人。

他的意思是說，如果要自首的話可以私下去那裡找他，這樣就顧全了犯人的面子。連這點也照顧到，真不愧為大戶人家的管家。

一時之間，大家都忙著和家裡聯絡，不是甚麼大家族小姐的我，相對顯得很悠閒。

「艾莉妳不用打電話回家嗎？」珍妮問我。

「不用了，家裡很煩。」我笑著，幸好一直以來我也是走反叛路線。

趁這段時間，我終於可以靜下來思考。

傭人不知道全部真相。犯人除了把桃樂西推下樓梯外，還用擀麵棍襲擊她。可是為甚麼犯人要在平台襲擊桃樂西？那個染血的擀麵棍，明明是在廚房的啊。那表示，犯人在廚房拿了擀麵棍，到平台襲擊桃樂西，並把她推下樓梯，然後回頭把擀麵棍丟在廚房地上，給我這個倒楣的人看到。

拿廚房的擀麵棍，表示那不是有預謀的襲擊吧。可是為甚麼又要把兇器丟回廚房？

大家陸續通知了家裡後，閒著沒事做便紛紛聚成一個個小組在小聲談論。這時張管家也回來了。「很遺憾，還沒有找到弄傷小姐的人。」是沒有人去自首吧。

「既然這樣，恐怕我要冒昧花點時間問一些問題，這都是老爺的意思。」管家說「老爺」兩個字時特別有力。

看到大家都在點頭表示理解，張管家繼續說：「因為人數眾多，為了更有效的詢問，我會先把各位分成兩組，現在請閣下回想一下事件發生時的所在地，是在屋內還是在花園？如果是在屋內的，請到我的左邊，如果是在花園，請到我的右邊。」

是這樣啊。管家是想利用我們在事件發生時的所在地，進一步縮窄嫌疑犯的人數。各人都開始分別走到張管家的兩邊，看來稍微多一點的人在花園。

等等，看來他們還不知道擀麵棍的事，那我是要說我在屋內？還是該說我在花園？

「艾莉，走吧，這邊。」珍妮拉著我走到張管家的右邊。

啊，對了，因為是在廚房找到那染血的擀麵棍，所以我順口說自己一直在花園，為了使自己離兇器愈遠愈好，看來這個謊話要說到底。

幾分鐘後，所有人都分成「花園組」和「屋內組」，「屋內組」大約有二十人，「花園組」則有三十多人。

「相信各位可能也知道，那個平台其實一般是給傭人出入的，通往平台的後門旁邊就是傭人們的休息室，休息室的旁邊就是廚房。」

甚麼？那麼漂亮的木製平台，竟是給傭人用？平台上有兩個超大型燒烤爐，今天我們燒烤會的食物，就是在那兩個爐上燒的。廚房的另一邊也有一個準備室，是專門給傭人把食物送到隔壁的飯廳時，作最後的檢查，和用來開酒的地方。

「這次派對我們請來的是外面的廚子，他們在下午三點左右離開，因為午餐已經吃過，不需要那麼多傭人在外面招呼來賓，所以有幾個人當時是在休息室待命，而他們

習慣不會把門關上……」

我明白了，所以說，如果有人從屋內出去平台，必然會經過休息室，而給傭人看到。其他人也想到這一點，所以我們這邊「花園組」的人立刻起鬨。

「可是，」我們當中有個男生舉手。「那也不能證明一定是在花園的人幹的吧？可能是屋內的人利用這房子的其他出入口走到花園，再繞到平台，就不會被在休息室的人看到了。」

幹得好！我心中暗暗歡呼。難道有錢人的腦筋真的好些？

「對。」另一名女生也加入。「而且他們說自己在屋內，有甚麼證據？剛才我們聽到桃樂西說她在外面受襲，張管家你要我們這樣分組，如果我是犯人的話，一定會故意說自己是在屋內來洗脫嫌疑吧？」

「妳這是甚麼意思？」「屋內組」的其中一名男生沉不住氣罵起那女生，中間還夾雜著一些英文髒話。「花園組」另一名男生立刻回敬他，看來他是剛才那女生的男朋友。

「等等！」「屋內組」另一人舉手喝止剛才那兩名男生的英文髒話罵戰。「我們有證據！」

本來木無表情的張管家也不禁揚一揚眉。「證據？」

「是的。」那男生從口袋掏出一張紙牌。「剛才我們所有人都在鋼琴廳玩遊戲，每人獲發了一張紙牌，這個遊戲因為發了和玩的人數相同的紙牌，所以不可能中途離開而不被發現。後來聽到屋外發生事情，當時我們沒想到是這麼嚴重的事，而且大家也下了注玩得興起，便說看完熱鬧要繼續之前的遊戲，所以我們都把紙牌帶在身上。如果是有人混水摸魚說自己在屋內，那個人不會有紙牌。」

難怪當時我那麼容易可以神不知鬼不覺地出去，原來他們都在鋼琴廳內。那是在正門玄關旁的一個大廳，裡面有一座標準三腳鋼琴，聽說桃樂西的鋼琴造詣已達演奏級。

如那男生所說，「屋內組」的所有人手上都有紙牌。我還暗暗祈禱，希望其中一人沒有紙牌，那就可以抓到犯人，不用我在這裡繼續為剛才撒的謊而擔心，不過看來上帝已經離棄我了。「屋內組」的人不約而同地掃視著「花園組」的我們。他們的目光好可怕，明明大家半小時前還是朋友，現在卻好像敵我分明似的。

可是不對耶，犯人在平台襲擊完桃樂西，把擀麵棍丟在廚房，那是怎麼辦到的呢？因為一定會經過傭人休息室的。而且犯人為何又要這樣大費周章，把擀麵棍擦乾淨丟在平台不就好了嘛。

「艾莉。」珍妮低聲叫我。

「嗯？」

「妳剛才不是說，妳去了後院那邊？那不是平台那邊嗎？那……妳有沒有看到可疑的人？」珍妮嘴上是這樣問，可是她看著我的目光讓我很不自在——那是「屋內組」把我們看成犯人的目光。

看來上帝真是徹徹底底離我而去了。

4

大學新學年開學不久，因為人手問題，安東邀請我當僑生會的幹事，我考慮了很久才答應，我怕那麼輕易答應的話，他會不會以為我喜歡他？如果他感覺到，但又不喜歡我，會不會就此疏遠我？還有，他會不會告訴他的朋友，讓我變成他們之間的笑柄？

總之，我就戰戰兢兢地開始當起幹事來。幸好我的學校沒有甚麼僑生，所以沒有人發現我不是ＡＢＣ。當然，為了演活這個角色，我常常往圖書館跑，看了不少國外的雜誌，努力學習外國的生活。

「我肚子餓了，妳陪我吃飯好嗎？」有次開會後，安東問我要不要一起吃飯。他他他他他叫我陪他吃飯耶！那那那那那是不是有所表示？他會不會順勢牽我的手啊？

我們來到附近的簡餐店，可是裡面坐滿了人。

「唔……這裡附近不知還有甚麼好吃……」安東一臉苦惱，看來他平日也多是去簡餐店。

「這我知道。」我得意起來。「這附近有個夜市！」

少女把頭髮往頭頂挽，綁成一個小小的髮髻，可是特地留著兩邊髮鬢沒有挽上去，垂在耳朵旁的頭髮，為她加添了幾分可愛的味道。她手中拿著一把白色的紙扇，上面淡粉紅色的花紋，和她身上的粉紅色浴衣和服很相配。

男生看呆了。

一年一度的夏祭，少女嚷著要青梅竹馬的男生和她一起去，要不就會狠狠地打他。對，少女漫畫中，女主角的性格設定如果是開朗的話，那她也多半會是虐待狂，青梅竹馬的男同學往往首當其衝。男孩屈服在少女的淫威下，只能沒好氣地去夏祭的地點等她。

當少女出現的一刻，男孩的臉上也照例多了幾條斜線。之後劇情的發展都差不多，少女和男生去撈金魚，男生會吃烤雞串，少女多會吃棉花糖。

雖然現在不是夏天，但我與安東現在的情況和漫畫也很相似。我們走在熱鬧的夜市中，邊逛邊買不同攤的東西吃：蚵仔煎、鹽酥雞……渴了便買冬瓜茶喝。安東看起來好興奮，一隻手拿著胡椒餅，一隻手拿著愛玉凍。

「想不到艾莉妳竟然知道這些地方，我回國後都沒到過夜市。」

糟，我太得意忘形了，我現在不是常吃便宜夜市美食的平凡大學生，我是ＡＢＣ艾莉耶！「啊，大學裡的同學帶我來過，所以我知道。」

「艾莉妳有本地的大學朋友？好厲害，我的朋友圈都是僑生社團裡的人。我總是覺得和本地生格格不入。」

「哈哈哈，我是替他們免費補習英文啦！」我又開始胡謅了，一說完我便後悔。

為甚麼我總是這樣信口開河的？

走著走著我們已經離開了夜市的範圍，街上的人也少了很多，沒有了夜市各式各樣的攤位吸引著我們，突然我們都靜了下來，接著是一陣尷尬的沉默。

這種沉默，就像是表白的契機。「安東，其實我……」

少女和男孩蹲著看著點燃的仙女棒，那點點的火光照著少女漂亮的臉蛋。

男孩握著仙女棒的手在冒汗，他現在緊張得不得了。

今天一定要說，他心裡下了決心。「我喜歡妳，請妳和我交往吧。」這句話他在家練習了數十次了。

「我……」男孩終於鼓起勇氣。

「誒？」少女抬起頭。

「我……」

「嗨！」不遠處有一名女孩碎步跑來，束著一頭短髮的她穿著淺藍色的浴衣和服。「學長！」

「那是誰啊？」少女問。

「是……是我社團的學妹。」男孩還沒來得及解釋任何事，那女孩已奔過來一手繞著男孩的臂彎。

少女漫畫裡的每一對青梅竹馬，即使心裡可能互相喜歡已久，但正所謂好事多磨，在修成正果前總會有一、兩個情敵出現。

「安東！」打破我和安東那尷尬沉默的，是一陣頗高頻的聲音。聲音的主人是一個看起來也算甜美的少女，只是臉上的妝太濃——那是我對桃樂西的第一印象。

「桃樂西？妳回國了？」安東走過去，給了她一個擁抱。「妳不在美國升學嗎？」

「我考上了T大，媽媽也OK了。」T大？那就是和安東同校了。「因為美國還有點事要處理，所以會遲一個學期才開學，我也是昨天才回來的。」

「啊，讓我來介紹，這是艾莉，是大學聯校僑生社團的。這是桃樂西，我在美國的鄰居，她比我們小，今年才上大一。」

「嗨！」桃樂西爽朗地對我打招呼。「安東，你怎麼會來逛這種地方啊？我在車上看到你時，也不敢相信是你呢。」她說著指一指大馬路的方向，那裡停著一輛很氣派的進口轎車。

甚麼叫「這種地方」？是的，這種千金小姐才不會來夜市，安東也沒有來過。

「你要回家嗎？不如坐我車吧。」桃樂西挽著安東的手臂。

「那就麻煩妳了，也送艾莉回去吧，可以嗎？」

「呃，不用了……」我慌忙搖頭。

「沒關係啊，妳住哪裡？」桃樂西說時打量著我，大概在猜測我是甚麼出身吧。

我說我一個人住在大街那邊，那裡是這城市最熱鬧的大街，有很多特色商店和餐廳，當然租金也不菲，我當然不可能住在這種社區。不過這種時候，我只覺得不能輸了氣勢。

「桃樂西妳等我一下可以嗎？我想買鹽酥雞回家給媽媽，她應該會喜歡吃。艾莉妳陪我，剛才那老闆娘好像聽不明白我的中文。」安東說著和我走向鹽酥雞的攤位，在等待的時候我不經意望向桃樂西的方向，那時有個小孩剛巧在桃樂西前面跑過，不小心踏到了水坑，有些水濺到桃樂西的衣服上。

「哇！」只見桃樂西眉頭都皺起來。

「啊，姊姊對不起。」小孩不好意思地低下頭。

沒想到桃樂西一巴掌打在小孩臉上。「臭小孩！你走路不長眼睛的嗎？」接著罵了一連串英文髒話。

也許沒想到這個甜美的大姊姊竟然會掌摑自己，小孩也呆了一下，然後才放聲大哭。

「真討厭。」桃樂西轉身走回車上。

我回頭看安東，他正專注看著那攤販在做鹽酥雞，因為夜市太吵，他完全不知道發生了甚麼事。

車子駛到大街那邊時，我請司機停車。「啊，我忘了，麻煩你在前面放下我就可以了。」

「沒關係啊，我送妳到家樓下嘛。」桃樂西說。

「不用麻煩了，我想先去便利商店買些東西。」

我在便利商店前下車，臨走前安東叫住我。「那下次開會見囉。」

「嗯。」揮手向安東說再見時，我看到坐在他旁邊的桃樂西用一種很不友善的目光望著我，安東當然看不到。

下車後我到便利商店，裝作要買東西似逛了一圈，確定桃樂西的車子真的不見了以後才離開。像我這種從鄉下來唸書的平民，怎麼可能住這高租金的地段？不過既然要貫徹「外國回流僑生」這個形象，總不能太寒酸。

桃樂西真好命，含著銀湯匙出生的ＡＢＣ，要上Ｔ大就飛回來。不像我，只是父母在鄉下辛苦賺錢供我上大學的平凡女生。

我走進一條巷子裡，想找回我停在路邊的機車。因為安東常常會主動送我回家，我都會預先把機車停在這區附近，之後再從這裡騎機車回家。每次這樣回家時，一方面我覺得自己像是返回現實的灰姑娘，可是另一方面，也為不用再扮成外國長大的女孩而鬆一口氣。

可是，這次我找不到我的機車。奇怪，明明是停在這裡的呀。我在巷子裡來回走著，完全看不到我的機車。可惡，難道是被偷走了？

突然，我聞到一陣奶油香氣，那是從其中一條巷子傳來的。我嘆了口氣，沿著就像是召喚著我的香氣傳來的方向走去。

果然是ＴＲＯＶＡＲＥ。

「那你說我應不應該向安東告發桃樂西啊？」我趴在TROVARE店中央那大矮桌上，一邊的臉頰貼著桌面看著店長。

店長甚麼也沒說，他只是在櫃檯後面的工作檯量材料。有玉米糖漿、砂糖、和蛋白。看來他又準備做棉花糖。

「你不是都有很睿智的訓誡嗎？」

店長突然停下手上的工作轉過頭來。「算了吧，無論我說甚麼都是白說。」

「為甚麼啊？」我坐起來。

「這就是戀愛啊。」店長把玉米糖漿和砂糖放進鍋子裡，一邊打發蛋白。「戀愛中的人，其實是很孤獨的。他們甚麼事也聽不進去。妳可能會問很多人意見，可是最後妳還不是只會照自己的想法去做？所以，對戀愛中的人，要像對在鍋裡糖漿中加熱的砂糖一樣，千萬不能忍不住去攪拌。不然整個糖漿就不順滑了。不過呢，也是因為這樣，所有決定都是自己的想法，才會那樣無悔。」

當蛋白打發成白白亮亮後，鍋子裡的砂糖和玉米糖漿也開始煮沸，他把糖漿倒進攪拌器和蛋白一起繼續攪。幾分鐘後他把棉花糖倒在模具中。和上次一樣，他給我端了一杯咖啡，裡面放了一顆柳丁棉花糖。

我沒趣地嘟著嘴，店長說得對。我是沒有想向安東告狀，可是我不忍看到安東被空有外表的桃樂西騙。究竟安東知不知道桃樂西的為人？不可能不知道吧，安東說桃樂西是他在美國時的鄰居。

鄰居？

那不表示，他和桃樂西可能是青梅竹馬？如果他倆是青梅竹馬，那我是甚麼？

我不就是少女漫畫中那個社團學妹第三者嗎？

5

我終於知道甚麼叫自掘墳墓。

「妳剛才不是在後院嗎？」珍妮再問了一次。

「呃……是啊，但只是稍微在那邊逛了一下。」

珍妮好像不是很滿意我的答覆，我唯有伺機走開。現在我總不可能說「其實我說謊了，我是在廚房，喔，那裡還有一根染血的棍子呢，哈哈哈」吧。

因為一個又一個的謊話，我可能會變成襲擊桃樂西的兇嫌。現在管家已經鎖定兇手是「花園組」的人。可是，所有人還不知道擀麵棍的事。桃樂西不單是被推下樓，兇手還用棍襲擊她。那染血的擀麵棍是在廚房裡，有沒有可能是「花園組」的人，潛入屋內拿擀麵棍，再從其他出入口到花園，繞過屋子走上平台，襲擊在那裡的桃樂西再推她下樓梯，然後再繞過屋子走進屋內，把擀麵棍丟在廚房。

不對，這樣的話，拿著擀麵棍的兇手必然會經過花園，這樣有很大機會給在花園的客人看到耶。我環顧「花園組」的各人，他們的穿著都不像可以藏那麼大的擀麵棍。

如果是屋內的人呢？拿到紙牌後，到廚房拿擀麵棍，繞過屋子到平台，襲擊桃樂西後繞過屋子回到屋內，再若無其事繼續玩紙牌……

這也不可行，聽他們說，遊戲一直進行中，所有人也在鋼琴廳，如果有誰離開了，不可能不引起注意。

還有，桃樂西說看不到襲擊她的是誰。如果當時挑樂西是在平台的話，看到有人拿著一根棒子向自己走來，應該會有所防備吧。除非，那人一早藏身在平台，等待著約好的桃樂西。不過這樣有一個問題，如果是預先約好，桃樂西就會知道是誰吧。

奇怪，這也不對那也不對。那兇手既不是「花園組」，也不是「屋內組」了？

「有甚麼人會有動機襲擊小姐？」管家問道，看來不在場證明只能讓他把兇嫌縮窄到「花園組」的三十人，現在他想進一步縮窄吧。對喔，從動機來想，說不定更容易鎖定犯人。

大家也開始議論紛紛。有的迫不及待說自己只是剛認識桃樂西，有的說自己和她是很要好的朋友，沒有可能要害她等等。

「安東呢？桃樂西不是他的女友嗎？他會不會知道甚麼？」有個女生突然提出來，就是剛才說和桃樂西感情很好的那個。

「安東不是和艾莉在交往嗎？」另一個男孩問，他也是僑生社團的幹事，所以看到我和安東常常走在一起。

「艾莉……」那女生好像在想甚麼。「啊，桃樂西口中那個不要臉、黏著安東的……」這時她旁邊有人用手肘撞了她一下，然後望向我這邊，應該是在告訴她我在這裡吧。

所以，在桃樂西這個會掌摑小孩的人眼中，我是個黏著安東的不要臉。

不過因為這個女孩一說，我身邊的人也開始用懷疑的目光打量著我，好像在尋找我額上有沒有寫著「兇手」？

「咦！那是甚麼？」這時站在離平台的樓梯最近的男生指著樓梯中段的欄杆那邊。

夾在欄杆木條中間的是一塊破布，像是一面小旗子隨著風在飄。那塊破布的款式，好像在哪裡看過……

「那不是桃樂西今天穿的裙子嗎？」不知是誰喊。

對，我記起了，桃樂西今天是穿了一件洋裝，花色和這破布一樣，看來是她在滾下樓梯時被勾到的。

張管家從口袋拿出一條白色的手帕，再用手帕撿起那塊破布來檢查，破布上面有零零星星的污漬，他把破布遞到鼻子前。「是巧克力。」

巧克力？

我下意識把手中的盒子抱得更緊，看來上帝不單離我而去，祂還要置我於死地。

6

完成期中考試、過完年後，僑生社團幹事的例會又恢復正常。在討論來年的活動時，安東提出可以辦一個歐洲電影欣賞會。

「好啊，常常都看好萊塢的電影，偶爾看看歐洲的也不錯。」我當然是附和著。

「沒想到你會喜歡看歐洲的電影。」和安東一起走向車站時，我說。

「我好喜歡歐洲，那裡的歷史、文化，比北美豐富很多。」安東說時一臉嚮往。「哪天有機會，我一定要去歐洲當個背包客，去流浪半年。」

然後他說最想去巴塞隆納看高第的建築，想走過德國的浪漫之路，給梵蒂崗裡米開朗基羅的作品震撼……

「那中華文化呢？那不是我們自己的文化嗎？」他說那些東西，我也是一知半解，不過看他說時雙眼發光，一定是很厲害的了。

「我也喜歡，可是中文好難。」安東不好意思笑著。「我在美國學過西班牙文，所以去歐洲對我來說比較容易。」

那我可以當你的導遊，我差點衝口而出。

「艾莉，妳以前在波士頓沒有學西班牙文嗎？」

「啊啊，都忘光光了，反而親戚會教我中文。」呼，好險，差點就露餡了。

「對了，妳記得桃樂西吧？她下星期六會在家舉行派對，妳那天有沒有空？」

派派派派派對？他是在邀請我和他去派對耶！冷靜冷靜，這是桃樂西家中的派對，為甚麼是他出面邀請的？他到底和桃樂西是甚麼關係？

「嗯，可是我沒有收到她邀請……」

「沒關係啦，因為有點突然，她沒有機會發邀請函，只是通知了幾個人，叫我們通知僑生會的人。」

「原來如此……那天是……」

「怎麼了？」

「沒有，我有空。」那天正是情人節耶！安東約我情人節出去……冷靜冷靜，他不是約我，是邀請我去派對，那裡還會有一大票人。可是，會不會他只是以派對做藉口，其實是想看看我那天有沒有約，或是他其實是另有安排？

「妳能去真好。」安東說著從包包拿出筆和便條貼。「這是桃樂西家的地址。」

到了大街附近，和安東分別後，我照例準備去騎我的機車。

話說回來，桃樂西挑在那天開派對，究竟是甚麼目的？安東邀我去，背後是不是有所意思？

想著想著，一陣香味從巷子傳來，這次是巧克力的香氣。出現在腦中的，是店長專注地攪拌巧克力漿的樣子。

我看著TROVARE玻璃櫃檯裡的巧克力禮盒，大概是情人節快到了吧，到處都

在賣巧克力，TROVARE也不例外。我想全世界大概都一樣，女孩在這一天送巧克力給男孩，表達她的心意。在日本這種巧克力被稱為「本命巧克力」，就是送給心中那個真命天子的意思。但也有送巧克力給男性朋友或是前輩、上司等，感謝他們的照顧，這種巧克力叫做「義理巧克力」，就是禮貌上的意思。而為免對方誤會，一看巧克力的價格或包裝，便能判斷那是「本命」、還是「義理」巧克力。

「這些巧克力都是我們的新作，要試試嗎？」店長的聲音就像融化在熱可可中的棉花糖，和店裡瀰漫著的香氣混在一起。

「不，不用了……對了，你對世界各地的甜點熟悉嗎？」

「唔……看看妳需要甚麼。有些甜點一定要用特定的材料，這裡可能很難找。」

「如果說是北美的呢？有沒有甚麼是很能代表北美的甜點？」

「那應該是杯子蛋糕吧。」

「巧克力杯子蛋糕……好像普通了點……」我盯著櫃檯裡的巧克力。「我想要的是，一看便知道是在外國待過才知道的甜點。最好能有巧克力在裡面的……」

「這個嘛……」店長環抱雙手，一臉沉思的樣子。「啊，斯摩餅！」

斯摩餅？那是甚麼啊？

「斯摩s'more。那是北美很道地的甜點。」店長用手比畫著。「是兩塊graham cracker麥餅，夾著烤熱的棉花糖，中間有塊巧克力，棉花糖的溫度會把巧克力融化，吃的時候就會是脆脆的餅乾，夾著烤香了軟綿綿的棉花糖，再加內裡半融化的巧克力漿……」

哇塞，光聽就覺得好好吃。當然，最重要的是，店長說這是很道地的北美甜點。

「那你們有沒有賣？」

店長搖搖頭。「斯摩餅一定要現做現吃。而且……」店長突然雙手撐著櫃檯，稍微俯身直盯著我。「為了裝模作樣而吃，這樣的斯摩餅沒有意義。」

甚麼跟甚麼啊！這個店長，是誰在裝模作樣？只是這樣談幾句，便好像很瞭解我要買斯摩餅背後的動機！

「我只是問問而已！」沒有買任何東西，我氣沖沖離開了甜點店。可是走到大街時，我便有點後悔這樣發脾氣。明明店長是那麼溫柔，只是自己心裡有鬼，才會覺得別人的話好像在針對自己。

我走回去，想向店長道歉，順便買盒巧克力，可是在附近兜了幾個圈，怎樣也找不到那店子，反而走到了我停機車的那條巷子。

好！決定了，情人節，就送有巧克力的斯摩餅給安東！

問題是，TROVARE的店長沒有說清楚斯摩餅的做法，當然我不可能問我那些僑生朋友，因為一問便暴露了我不是僑生，萬一再傳到安東的耳中……

不過聽起來應該沒有難度，只要在麥餅上放上棉花糖再放進烤箱，在棉花糖烤得軟綿綿時拿出來，立刻放進巧克力和蓋上另一塊麥餅就完成了。定下了做法後，我便在專賣外國貨的店子找graham cracker，可是他們沒有一塊塊的餅乾，只有成分一樣的早

餐麥片。雖然我租住的是小房間，但也有個角落當廚房，爐子、小烤箱和小冰箱都一應俱全。

為了要更特別，我星期五更蹺課待在家做手工棉花糖，可是我沒能貪睡，因為房東一大早便來敲門。

「嗨。」房東拿著一個小箱子。「妳家裡寄來的。」

那是一盒草莓。「這個季節竟然有那麼好的草莓，特地寄一些給妳。好好唸書！」媽媽的字條只有簡單的幾句。我嚐了一顆，其實單是打開盒子就聞到草莓的濃郁香氣，不用嚐也知道是超甜、超美味的。

我突然想到一個好點子，把幾顆草莓搗成泥，混在打好的棉花糖漿中，本來亮亮白白的棉花糖頓時變成了夢幻的粉紅色。

情人節，粉紅色是不能缺少的。我笑著把棉花糖漿倒進盤子，現在我整個房間都是甜甜的香氣。是女孩腦中的特別構造嗎？只要聞到這種香氣，就覺得好幸福。

星期六一早，確定棉花糖凝固後，便在家試做一個斯摩餅。因為買到的麥餅是小塊的早餐麥片，我先把它們稍微壓碎，再做成手掌心那麼大，然後把切好大小的草莓棉花糖放在上面，再放進烤箱烤五分鐘，等到棉花糖慢慢變得脹鼓鼓的，外層開始有點焦就可以了。拿出來後，立刻把小塊的巧克力擠進棉花糖中，蓋上另一塊麥餅，為了確保巧克力融化，我還把它放回烤箱再烤一點兒。

就這樣，夾雜著巧克力和棉花糖香氣，我的「本命斯摩餅」便完成了。

我嚐了一個。哇塞！真好吃。不過正如店長說，要現做現吃，才能吃到熱騰騰的棉花糖和融化了的巧克力。我把做好的麥餅、棉花糖和巧克力一份一份的分好，待會兒在桃樂西家借烤箱用就可以了。

好了，要為去派對作準備了。我看一看鏡子中的自己，這一刻起，我又要變身成那個從波士頓回來的僑生艾莉了。

我知道桃樂西家中很有錢，但沒想到是這樣的富豪。因為不想把衣服弄髒，我沒有騎機車，可是她家沒有公車直達，只好乘公車到最近的地點，再轉乘計程車，幸好一路上沒有碰到其他熟人。她家是個皇宮般的西式大宅，車道通過大門後，綿延到大宅的門前，大門旁的傭人看到車上的我，便打開閘門讓計程車駛到大宅的門前讓我下車。

「噢，妳真的來了。」桃樂西在玄關看到我時說。她穿著小洋裝，還有那一看便知道是特地去弄的髮型。她看到我手中的袋子。「妳這個是甚麼？」

「是斯摩餅。」我笑著。「我只是想帶點美國的回憶來。」

「斯摩……餅？」桃樂西鐵青了臉。「可是到吃甜點的時候都冷掉了。」

「這是還沒組合的，如果妳不介意，我想等會兒才烤棉花糖，所以想借妳家的……」

「隨便，妳從這裡直走，會看見廚房在右邊，旁邊的是傭人待命的房間，從那走廊盡頭的門出去，是放燒烤爐的平台，妳只要和傭人說一聲就好。」她指著走廊的方向。「哼，希望吃了不會拉肚子才好。」說著桃樂西便離開。

我決定先把材料放在廚房，等到差不多時候才借烤箱加熱。這時我感到有甚麼在撥我的袋子。

是一隻小狗，牠圍著我的袋子團團轉，好可愛！

「小屁！」是安東！他從走廊另一邊走來。「小屁你是不是又貪吃了。艾莉，妳袋子裡有甚麼啊？害我家的小屁這麼興奮。」

「啊，沒有啦。」我把袋子藏到身後，現在還不能讓他知道。「這是你的狗？」

「嗯，在美國的時候就收養牠了，回國時也把牠帶回來。桃樂西說想見牠我就帶來了。」

噢，他們還有共同的狗朋友。那時當然沒有人想到，這隻可愛的小狗，一會兒就一命嗚呼。

在傭人安排下，我把斯摩餅的材料放在廚房的流理台上。

7

趁著大家都在注意著從桃樂西衣服勾下來的破布，我抱著那盒子悄悄地離開人群。這時我看到安東一個人坐在很遠的草地上，應該沒有聽到平台那邊的對話，現在的他和平日相比完全是另一個人，是因為小屁吧，他看起來非常悲傷。

「安東。」我坐到他身旁，猶豫了一下，還是把手放在他肩上。我明白，熟悉的生命在眼前消逝的感覺，一點也不好受。

「小屁啊，是個很乖的孩子。本來他們叫我不要把牠帶回國的，好不容易適應了，卻……」安東握著拳頭的手在抖。「不過桃樂西也不好過吧。在美國的時候小屁很喜歡她的，一見到她就會撲上去。」

「你不要太傷心了……」我也不知說甚麼才好。

「牠啊，最嘴饞，常常想吃我們人類的食物……」安東又哽咽起來。

我一直輕拍著他的肩。其實我好擔心，認識安東以來，他都不曾這樣被打敗。

「小屁……牠真幸運。有生之年能遇到你這樣愛牠的主人。」這句可是真心的，看到安東這樣傷心，而我卻甚麼都幫不上忙，這讓我很難過。

「咦？艾莉，妳一直抱著這個盒子，裡面裝了什麼啊？」

「這……這個……」我看看四周，沒有人注意到我們。

是現在嗎？賭上一生的勇氣，就是現在嗎？

情人節那天少女整天都沒有機會把巧克力送給學長，其實不是沒機會，只是學長整天都被其他女生們黏著，少女每一次都沒有勇氣走上前。在少女漫畫的世界裡，情人節可是一等一的大事，和學園祭、畢業禮一樣，是女主角向心儀男孩表白的大好時機。

一直到放學，還是沒有交給他。她只好去看棒球部練習，二月的天氣非常冷，雖然已經圍圍巾穿大衣戴手套，可是少女還是在打顫。好不容易等到練習完畢，學長看到坐在觀眾席的少女。

「嗨！」學長向她揮手。

不管了，少女從觀眾席拔腿跑向投手丘。她盡全力在跑，用盡畢生的勇氣。

可是，少女漫畫中，女主角最常遇到的倒楣事，就是跌倒。這個用盡畢生勇氣送出巧克力的少女也不例外。還差幾步便到達投手丘，可是這個時候少女偏偏跌倒。

「哇！」手中的巧克力，一整個嘩拉嘩啦全掉落在地上。

跌倒的少女，雙手直直向前伸，還保持著要送巧克力的姿勢。可是她快要哭的臉看來比上壘失敗還要慘。

完了，傾注了全部的愛所做的巧克力，現在已經變成垃圾。

其中一顆滾到投手丘那邊，學長蹲下來把它拾起，他走到少女身旁扶起她。

「這是妳做的？」

鼻子紅紅的少女點點頭，她已經不知道是因為寒冷、還是因為想哭的緣故。

可是男生竟然把巧克力吃下。「好好吃。」

「這麼髒，不要吃了。」少女邊哭邊阻止他。

「我啊，今天一直在等妳的巧克力呢。終於等到了，怎麼可以不吃？」

「起來吧。」學長說，可是少女好像扭傷了。二話不說，學長抱起了少女。背景有個超大的聲效「doki doki」，那是心跳的聲音。

我深呼吸，希望能給自己注入更大的能量，然後我慢慢地打開盒子。

「這是我做的斯摩餅。是……」我再調整自己的呼吸。「情人節本命斯摩餅。」我輕輕地把那塊斯摩餅遞給安東。是了，這就是我押上全部勇氣的一瞬。

安東看著盒裡的東西，雖然只是那百分之一秒的沉默，可是我已緊張得全身僵硬了。

「啊，這，這是我剛剛在廚房烤棉花糖，不過可能涼了……」我忍不住隨意亂說些甚麼，我怕安東會在那百分之一秒中開口拒絕我。

安東拿著斯摩餅輕輕咬了一口，「斯摩餅喔！如果熱呼呼的會更好吃。不過沒關係，這樣也很美味。嗯……好懷念呢……妳知道嗎？在美國，夏天時我們在外面吃斯摩餅，小屁都會圍著我團團轉……」安東舔了嘴角沾著那點點粉紅色的棉花糖。

甚麼？這就是你的回應？這可是「本命巧克力」啊！為甚麼可以不當一回事？

「你……明白我的意思嗎……？」我忐忑不安。

「等等，妳說這是在廚房做的？」

沒有想到他竟然是問這種問題。「呃，嗯，是啊，我借用了烤箱烤棉花糖。」啊，他會不會想到我其實不是「花園組」的？我只好先招認：「安東……其實……剛才我是在廚房，做好斯摩餅回到花園，就聽到桃樂西受傷的消息。安東，有件事你一定要相信我。」

「嗯？」

「桃樂西……襲擊她的人，到過廚房。我不知道是誰，但是那裡有根染了血的擀

麵棍……」

天啊，本來是少女漫畫中表白的場面，為甚麼我會說起染血的兇器？

「艾莉！那是甚麼？」這時珍妮突然不知從哪裡冒出來，她看著我手中那盒斯摩餅，像是發現新大陸一般雙眼發亮。「那不是斯摩餅？」

「那又怎樣？」

「是妳！」珍妮指著我大叫。「就是妳襲擊桃樂西的！這就是妳在平台的證明！」

甚麼？我被弄糊塗了。怎麼大家都變成偵探了！

「還在這裡裝蒜？桃樂西勾到的衣服上，沾了巧克力！一定是妳剛才在平台做斯摩餅，看到桃樂西並和她起爭執，一把推了她下去，她沒有把妳供出，是在維護妳呢！妳的良心哪過意得去？」

一瞬間，大家的目光都投注到我身上。甚麼跟甚麼啊，為甚麼大家聽到我做了斯摩餅，都好像恍然大悟？為甚麼珍妮會一口咬定我在平台？

「艾莉，妳先回去。」安東捉著我的手腕，一邊拉我到大門口。

「安東，我要弄清楚！我沒有襲擊桃樂西耶！」

「聽我說，先回去！」

「等等，麻煩可不可以先把話說清楚呢？」張管家輕輕舉起手攔著我們。

「我等一下向你解釋，艾莉，走！」

「喂！等一下。」

「我會向你說明一切，但我要先送她離開。有甚麼事我會負責！如果你要甚麼保證的話，這是我爸的名片！」

聽到安東這麼說，人群中有人倒抽一口氣。我知道安東家來頭不小，可是他從不會在外面這樣賣弄家族地位來得到方便，這是第一次。他這樣做，我和大家一樣意外。

在安東半拉半推下，我坐上了在門外等著的計程車。

到最後，我還是沒有表白成功。安東，我好喜歡好喜歡好喜歡好喜歡好喜歡好喜歡好喜歡好喜歡你啊。

我強忍著淚水。

這真是最爛的情人節了。

8

吃過了桃樂西為我們準備的豐盛燒烤餐後，我找了個機會溜到廚房做斯摩餅。

沒想到，我放在流理台上的袋子，被翻倒了，裡面的東西四處散落。巧克力是獨立包裝的，其中有一包被粗暴地拆開來，還吃了一半。

太過分了，是誰幹的？不過幸好其他的材料都沒事，我趕緊完成了我的「本命斯摩餅」，並細心放進盒子裡。正要清理時，一些巧克力的包裝紙掉到地上，我俯身要拾起來的時候，看到流理台下面有個東西……

9

「那不就好了嗎？不用再扮甚麼僑生。」翻著時尚雜誌的姊妹淘說著。

自從情人節那天的派對後，已經兩個禮拜，我沒有再找安東，他和其他僑生會的人也沒有再找我。之後的幾天我都在等待安東的電話，甚至想過他會不會到大街附近，可是因為不知道我的住處而發瘋似地到處找。

當然，那個少女夢也只是做了幾天，我很快便返回現實——安東選擇相信他認識了很久的夥伴，而不是我這個新認識的女孩。

不用幫忙僑生會的事務，多了很多空閒的時間，下課後可以悠閒和朋友逛書店。

本來我是要去看漫畫的，但是經過旅遊書籍那一區時，一本歐洲旅遊指南吸引了我的目光。我翻到德國那段：新天鵝堡、國王湖、浪漫之路、啤酒節……那是少女漫畫裡很少出現的世界。

「咦？不是艾莉嗎？」

我轉過頭，是一名我在僑生會認識的男生。「啊，嗨。」

「怎麼妳都不來僑生會的聚會了？」

「嗯，最近有點事……」對了，他沒有去桃樂西的派對，看來他不知道那天的事吧。

「妳在忙，桃樂西又退學了，紅粉知己都不在，安東整個人像是有點魂不守舍。」

桃樂西退學了？

「那……我先走了，希望妳忙完會回來喔！」男生笑著和我揮手道別。

我被弄糊塗了，我以為，那天安東把我趕走，我背了襲擊的黑鍋，他們那邊應該會像沒事發生過一樣，彷彿沒有我這個人的存在才對呀。

「原來妳在這裡，我還在少女漫畫專區找妳呢。」朋友找到了我。

「我在看這個。」我翻到新天鵝堡的那一頁。「總有一天我要去這裡！好，現在開始努力打工存錢，畢業旅行就去德國！」

「很漂亮的城堡！可是……妳以前不是說過畢業旅行要去京都的嗎？」

聽到她提起，我不禁愕然了。對啊，我曾經是想去京都。那是少女漫畫的最神聖的地方——不是因為莊嚴的寺廟，而是日本初中高中的畢業旅行，總是會去京都，而清水寺、地主神社或是京都大大小小的街道，都是漫畫中女孩男孩的表白聖地。我曾經是那麼想到那裡，感受那瀰漫在古都中的青春戀愛氣息。

「喂，妳發甚麼呆？」朋友用手指輕輕推我的前額。「找個地方吃甜點好嗎？」

「啊，說起甜點，我知道有個頗特別的地方。」我把書放回書架，腦中浮現那個圍著黑色圍裙的大男孩。

「喂，妳說的甜點店在哪裡啊？」朋友扠著腰問。「我們已經在這附近團團轉了一個小時耶。」

「我記得是在這附近的……」奇怪，應該是其中一條巷子，但是為甚麼總找不到TROVARE甜點店呢？

「算了，我很累了，先回家啦，下次再去吧。妳找到的話記得抄下地址。」說著朋友便丟下我先走了。

奇怪的是，她走了沒多久，我便聞到一陣香氣，就這樣，我又一個人來到了TROVARE。

「你的店好難找。」我對店長抱怨著，他正用虹吸咖啡壺泡咖啡。

「妳不是找到了？」店長把咖啡端給我。「對了，妳最後有找到那很北美的道地甜點了嗎？」

「不要提了。」嘴裡雖然這樣說，卻忍不住滔滔不絕地把情人節那天的事告訴店長。我覺得，「不要提了」根本就是想要告訴對方的意思。

「所以，簡單來說，我被甩了。」我苦笑。「還要像個傻瓜一樣，扮甚麼ABC故意說歪中文，裝成很有見識，還真累人啊。」

「是很傻。」店長歪著頭。「可是年輕就是這樣的嘛。亂碰亂撞，愛上最意想不到會愛上的人，為了那個人，妳會幹只有年輕才會幹的荒謬蠢事。可是等到妳年長後回頭看，妳會覺得幸好有那些戀愛，妳的世界才會那麼寬闊、那麼豐富。」

我的世界才會那麼寬闊、那麼豐富……真的是這樣嗎？

慕尼黑的天鵝堡、波士頓大學城的氛圍、舊金山的漁人碼頭……為了成為安東圈子裡的人，我跳出了日本少女漫畫的世界。原來，世界是那樣的大。是的，安東沒有讓我得到制服的第二個鈕釦，但他讓我看到了不一樣的世界。

「我明白，」我握著咖啡杯的手在抖，眼前的景物也開始糢糊。「我明白你那不是安慰的話。可是，現在，我的心真的很痛。真的，很痛。」

「我不認為妳是被甩了。」店長仍是一副淡淡的模樣。

「算了，你不用再安慰我了。」我拭一拭眼角。

「比起安慰妳，我更在意的，是事件的真相。現在還沒有抓到犯人不是嗎？重點是，根據妳的推理，犯人既不可能是『屋內組』，也不可能是『花園組』。因為無論怎樣推理，也找不到合理的時序，可以解釋兇手怎樣在襲擊完桃樂西後再回頭把兇器丟在廚房。不過，」店長也為自己倒了杯咖啡。「整個事件，妳認為『最弱的環』在哪裡？」

「『最弱的環』？」

「事件裡的每個線索和證據都是環環相扣，妳在廚房找到擀麵棍是真的，桃樂西衣服沾有巧克力也是真的，她受了傷也是真的，可是如果整件事不合理，那就表示其中一環有問題，也就是，其中一個妳以為的『事實』是假的……」

「啊！桃樂西說被襲擊是假的！」經他這麼一提醒，我突然靈光一閃。如果那是

謊話的話，那就沒有甚麼犯人不正常的行動了，因為根本沒有犯人。「可是她的確是受傷了。」

「不一定要有人推才滾下樓梯吧？」店長指著自己頭顱的右邊。「妳不是說她的傷在這裡嗎？如果是被打再推下去，應該會受更重的傷。」

店長的意思是，桃樂西失足掉下去？「可是，那擀麵棍上的血……」說到這裡，我禁不住掩著嘴。「小屁……」我想起小屁頭顱那一大片血漬。

「妳說放在流理台的袋子被翻過，巧克力也被粗暴拆開，當天在派對的都是成年人，要偷吃也不會做成那樣混亂。」

所以那是小屁。對，那天小屁圍著我的袋子團團轉，安東又說過牠喜歡吃人類的食物。

「所以是狗狗在廚房搗亂偷吃，剛巧那時桃樂西走進廚房……」

很喜歡桃樂西的小屁興奮地撲過去，可是嘴上的巧克力沾到桃樂西的衣服。

「臭小孩！你走路不長眼睛的嗎？」我想起那天桃樂西掌摑那小孩。如果，手邊剛好有擀麵棍的話……

「桃樂西用擀麵棍打小屁，可是沒想到打死了牠。」店長喝了口咖啡。「當然不能給安東知道，所以她想偷偷地把小屁的屍體丟到平台，沒想到自己卻失足掉下去。因為和小屁的屍體在一起，被問到發生甚麼事時，她只好撒謊。在休息室裡的傭人九成也看到桃樂西抱著受傷的小狗經過，可是沒有人會敢拆穿少主的謊言吧。」

因為喜歡安東，不能讓他知道是自己打死了他的愛犬，只好說謊，最後為了圓謊而繼續說謊。突然間，我好像有點理解桃樂西。

「可是，安東當時為什麼一直趕我走？他最後還是選擇了桃樂西吧。」

「說明之前，不如先吃點甜的，那……就吃斯摩餅吧。」店長從櫃子裡取出一包白色的東西。「不過我今天沒有手工棉花糖，只有市售的。」

「你饒了我吧……」可是店長根本沒有把我的說話聽進去，他自得其樂般一邊哼著歌一邊用竹籤串著棉花糖，然後把虹吸咖啡壺下面的小酒精爐點燃。

他在做甚麼？不是要做斯摩餅嗎？

「可是要藏小狗的屍體的話，廚房有那麼多櫃子，只要把牠藏在櫃子裡，待客人離開後才處理不是更好嗎？所以桃樂西要特地帶著小狗的屍體走到平台那邊，說不定有更可怕的理由，不過她犯了一個錯誤，而因為那個錯誤，反倒證明了妳不是犯人。」店長把串好的棉花糖放到酒精爐上。「那就是妳根本不知道斯摩餅的正確做法。」

斯摩餅的正確做法？我看著火焰上的棉花糖。

「啊！棉花糖是用火烤？」那天店長說把棉花糖烤熱，我一直以為是用烤箱，原來是用火。

這時店長手中那棉花糖，已經變得脹鼓鼓的，外皮也變成金黃色，店長一直在轉，讓棉花糖平均受熱。當內層開始融化時，竹籤也快撐不住，棉花糖像是要掉下來。

「差不多了。」店長把棉花糖放在桌上預備好、上方有一小顆巧克力的麥餅上面，再拿起另一塊餅把棉花糖夾好，便把竹籤取出。

「請嚐嚐這『本格斯摩餅』。」我笑了，沒想到外表有點洋化的店長會用這種日語漢字，本格在日語是正統的意思。就看看和我的「本命斯摩餅」有甚麼不同吧。他沒有給我叉子，我學那天安東用手拿著來吃。味道和我做的其實沒有甚麼大分別，只是棉花糖是用火烤……

「在北美，斯摩餅是燒烤會或營火會吃的甜點。」他說。「親朋好友圍著燒烤爐或營火，一邊烤著棉花糖，一邊談天說地，歡度美好時光。令人懷念的，不是甜點的味道，而是懷念跟生命中重要的人度過的時光。」

啊，我記起來了，那時安東說小時候在外面吃斯摩餅，那是指戶外。「所以當我告訴安東我在廚房加熱斯摩餅，他便發現有問題了，明明後院平台有燒烤爐，為甚麼要到廚房？」

「因為妳說是斯摩餅，而那天又有燒烤會，如果是一般僑生，都會認為是會用火烤吧。」店長開始烤第二顆棉花糖。「所以桃樂西知道妳帶了斯摩餅，想到妳會到後院用燒烤爐加熱棉花糖。」

所以她把小屁的屍體帶到平台，是想誣陷理應曾在那裡用燒烤爐的我。

「唔……還是熱的好吃。我認為，」店長咬了一口他的「本格斯摩餅」。「安東是在袒護某人呢。」

「袒護某人？」

「如果他沒有阻止妳，那會發生甚麼事？」

「如果他沒有阻止我，我會說出我從沒到過平台，我是在廚房加熱斯摩餅……啊。」我看著吃了一半的餅。「那……其他人便會覺得我怪怪的，明明後院有燒烤爐，幹嘛要用烤箱。這……」

其他人就會看穿，我並不知道真正斯摩餅的做法，也許還會知道，我只是假扮僑生。

而當我告訴安東我是在廚房烤斯摩餅的一刻，他便知道了。所以他想在我露出破綻、在眾人面前丟臉前阻止我說下去。

「妳說在廚房？」我想起了他這樣問時的表情。

「還有，除了用烤箱做斯摩餅外，還有一件事出賣了妳。」店長再開始泡咖啡，他把一顆巧克力放在咖啡杯的碟子上。「在北美，沒有情人節女孩送巧克力給男孩的習俗。反過來是男孩送禮給女孩。如果是在波士頓長大的女孩，沒理由不知道吧。」

啊！那天一直沉溺在日本漫畫、想著要送巧克力的我，竟然沒注意到這個！

「哈。」我苦笑。「畢竟……我就是個假貨ＡＢＣ……」

店長沒有說話，只是低著頭在泡咖啡。

「可是，不對啊……他真正袒護的，是桃樂西不是嗎？」

店長只是微微抬頭，像是讓我說下去。

「他要我先離開，不是怕被別人知道我不是外國回來的女孩而丟臉，而是怕被其

他人知道桃樂西撒謊。到現在他還沒找我，就是最好的證明。」我站起來。「果然，戀愛是孤獨的，無論真相是甚麼，也只有自己去承擔。店長，咖啡和甜點多少錢？」這次來TROVARE，雖然得到了答案，可是好像沒有解決到問題。

「不用了，我請妳。」店長微笑著。「cerca trova。」

「誒？」

「Look, and you shall find。尋找，就會尋見。戀愛，也是一樣。」

10

如果失戀是成為大人的必經階段，那我寧願一世當個小屁孩。那之後的兩個禮拜，我的生活只有上學和窩在家，在家裡即使我打開參考書，卻一個字也看不進去。只要稍微看到一些讓我想起安東的東西，我的思緒便不知道飄到哪兒。

看到參考書，就想起和安東一起溫習時的情景。

看到原子筆，就想起安東總是邊看書邊轉筆桿。

看到咖啡，就想起安東即使是即溶咖啡也用心加牛奶的樣子。

看到英文字，就想起安東，想起他說英文，想起他寫英文。

可是每次這樣想起他後，心，就會痛。不，那不是痛，那就像是把心臟丟到一個無底的井中，連粉碎的聲音也沒有，就只是一直掉下去，掉下去……

「喂！妳在嗎？」房東敲門的聲音傳來。「有人找妳，在外面。」

找我？

「真是的，星期天一大早來，中文又說得不好，對了，我也不知道妳另外取了個名字叫甚麼艾莉嗎，妳不是用甚麼藝名在幹甚麼吧？」房東打量著我。

難道……我在休閒服外披了運動外套走到外面。

「早！」安東一身運動裝束，還揹著個大背包，他陽光的笑容依舊。「快換衣服！」

「這……你……你為甚麼會知道我住在這裡？」

「我在妳的大學等了妳幾天，終於讓我看見妳，然後便跟著妳回來了。」他笑著說，雖然只是一個月沒見，但好像很久沒見般懷念他的笑容。

「這個，」安東把一個紙盒遞給我。「給妳的。」

我打開紙盒，裡面是麥餅、巧克力和棉花糖。「這……」

「白色情人節的回禮。」安東笑著。「斯摩餅，是我小時候在營火會和朋友一起吃的。今天，我想帶妳去遠足，然後生火做斯摩餅，我想給妳吃我小時候那回憶裡的味道，這是我的回禮。」

白色情人節？對了，今天是三月十四日，也就是白色情人節，日本傳統上，男孩在這天會回禮給在情人節送他巧克力的女孩。可是，為甚麼安東會……？

「那天我從妳做斯摩餅的方法，猜到妳其實沒有真的在外國待過。待妳走後，我和張管家在廚房找到了妳說的那擀麵棍，後來證實了上面是狗血。我去探望在醫院的桃樂西時，她承認了，因為小屁弄髒了她的衣服，她一時失控，待她回過神來時，小屁已經不會動了。她想嫁禍給妳，所以抱著小屁到平台，可是失足滾下樓梯。醫生給她診斷過，證實她患了情緒病，所以她父母把她送回美國靜養。」

所以後來再沒有人見過她。

「我知道那天可能嚇到妳了，對不起。妳那天一定很委屈。」安東一臉抱歉。

「桃樂西的父母希望把事情低調處理。」

我搖搖頭。桃樂西背負的，又可少呢。

「那天派對之後，我想了很多，為甚麼艾莉要撒謊，如果妳一開始便表明自己不是僑生，那我們會發展成怎樣的關係？可是，我發現，根本不用想那麼多。」安東握著我的手。「我們是兩個不同的個體，有著不同的背景，這是不能改變的事實。可是，妳在情人節那天送了我巧克力，妳的世界，進入了我的世界。所以今天，我想也讓我和妳分享我的世界。」

我想到斯摩餅中的棉花糖和巧克力，本來互不相干的東西，可是烤熱的棉花糖融化了巧克力，成為一道美味的點心。

兩個來自不同的世界的心，也因此連在一起……

夢幻馬卡龍

婚禮，是一天的事；
婚姻，卻是一生

我，今年二十七歲。我，要結婚了！

1

從化妝鏡中反映出來的，是一縷白煙。

看著那點點的輕煙在飄，我的心卻像鉛一樣往深淵墜下去。因為我知道，製造那煙的人，一定是盈盈姐。和她在宴會廳裡面的，是阿樂——我的未婚夫。而我，一個在兩個月後要結婚的準新娘，卻躲在宴會廳雜物櫃裡，連衝出去發難的勇氣也沒有，只能用手中的化妝鏡，拚命想去窺視發生在門縫後的事情。

宴會廳內半點聲音也沒有，不過我離他們的位置也有點遠，聽不到他們喁喁細語的聲音。待他們離開宴會廳後，我還在那又窄又暗的雜物櫃裡，雖然不是待了很久，但那十多分鐘已足夠讓我哭得筋疲力竭。我抹乾眼淚離開飯店，在對面的咖啡店待了一會兒後，才打電話給阿樂。

「阿樂？剛才為甚麼不接我的電話？」我裝開朗地問道，畢竟我是還有兩個月便要出嫁的新娘子。

「啊，我在忙，怎麼了？」阿樂的聲音聽起來有點慌張。

「沒甚麼，只是突然有點想你。」

電話另一端傳來阿樂像是鬆了口氣的聲音。「又來了，國際電話不便宜耶。」

對喔，他說要到國外出差，過兩天才回來。

可是這個應該在國外的人，卻出現在我們預定舉行結婚派對的飯店——大約二十分鐘後，才和盈盈姐一起步出大門。從咖啡店的窗，我看得一清二楚，阿樂用另一隻手掩著手機，生怕周圍的聲音會暴露他的所在地。

盈盈姐在旁訕笑著並扮了個鬼臉。

「嗯，那你去忙吧。」說完電話，他便和盈盈姐分道揚鑣。盈盈姐一貫婀娜多姿的身影，吸引不少路人對她行注目禮，那些目光，都帶著欣賞和羨慕。

除了我。

一直盯著她，我內心都是詛咒，那時候，我真的在咒她死。只是我沒想到，我的詛咒竟然應驗了。

第二天早上回到公司，便聽到她出了交通意外身亡的消息。

2

兩年前的那個黃昏，我出現在空無一人的小劇場觀眾席上，阿樂便明白我的意思。

大學畢業後，換了幾份工作，後來進到一間專門負責市場推廣的小公司，職銜是撰稿員，但因為我英語會話也不錯，有時候上司也會帶我出去見外商客戶。

那個上司，就是盈盈姐。她比我大十歲，本來是設計師出身，進公司後也管行銷企劃等工作，是老闆的得力助手。

有一天和她出外見完客戶後，她開著車繞到一棟設計新穎的建築物前，原來那是一個小劇場。盈盈姐帶我進去，舞台上的演員在排練著。

「阿樂。」盈盈姐和坐在觀眾席上的那個男人打招呼。

「盈盈！甚麼風把妳吹來？」叫阿樂的男人用外國人打招呼的方式，輕輕親了盈盈姐的兩邊臉頰。幸好我有很多外國朋友，對這種打招呼方式習以為常，不然一定會覺得尷尬。

「聽說下一季的劇目定下來了，宣傳的事要交給我們喔。」盈盈姐指一指我。「讓新人有學習的機會嘛。」

「您、您好。」我慌忙地鞠了個躬。

那是我和阿樂認識的經過。之後我一直在後悔，那天我一定像個小毛頭。

阿樂是這個劇團的團長，也兼任舞台設計師，而這個劇團所在的這棟大樓，是某個大財團名下的資產，除了讓劇團駐場外，還在資金上大大支持，算是那個財團支持藝文的公關手段吧。而我們公司一直都負責劇團的宣傳工作，這次盈盈姐便把計畫交給我負責。雖然不是和阿樂交手，但我常常也會在劇場的辦公室碰到他。

漸漸地，我愈來愈期待工作上可以有藉口到劇場，希望可以見到阿樂。

後來我知道，阿樂和盈盈姐是大學同學。也因為這個關係，自從阿樂當上團長後，我們公司便拿下劇團的宣傳工作。

「你們有交往過嗎？」和阿樂熟絡後，我終於開口問。

「我們的關係，說『交往』太俗套了。」他只是這樣說。

和我從前交往過、那些差不多年紀的男孩不同，阿樂不僅外型有成熟男人的氣質，他的話也不多，但每字每句總讓我細味很久。

我想，我是愛上這個男人了。

那天下班後，我在這城市最熱鬧的大街上閒逛。因為我知道阿樂住在這附近，下班後來這兒繞幾個圈再回家，已成了我的習慣。走著走著，不知不覺走進了一條巷子中——因為我聞到一陣香氣，那是甜甜的奶油香氣，讓我下意識跟著香味傳來的方向，來到一間甜點店前。

立刻吸引我目光的，是櫥窗裡陳列著的兩個馬卡龍塔。較高的一個鑲著的是深紫色和粉紅色的馬卡龍，給人一種優雅高貴的感覺，而矮一點的那個則是一層又一層不同色調的粉紅色馬卡龍。色彩夢幻的馬卡龍塔配襯著這家店原木風的裝潢，和正門上的彩繪玻璃，加上那塊低調的、刻著「TROVARE」的小小原木招牌，使店家頓時變成歐洲童話中的薑餅糖果屋。

「TROVARE」是義大利文，是「找到」的意思。可是這甜點店的位置一點也不好找。我會走到這裡，應該說是這店找到我吧。

店的中央，是一張大大的原木矮桌，桌邊還故意做成不規則的邊緣，就像是把整棵大樹砍了一片當成桌子。桌子的兩旁放著同一色系的木製長椅。看著這些，讓我突然有種置身森林中的感覺。

「妳好。」看店的不是巫婆，而是一個看起來二十多歲的男生。他雙眼的輪廓很深，看起來有點像外國人，本來這應該使店子更像童話中的糖果屋，可是他那隨性地垂在右臉頰旁的頭髮，和特地在兩邊嘴角和下巴留著的點點鬍碴，使他成為童話中不可能出現的角色。

「有甚麼店長推薦？」我稍微彎下腰，打量著在玻璃櫃裡排列著，好像一個個藝術品般的精緻點心。其中一層，整齊地排在長型盤子中的，是和櫥窗中一樣的深紫色和粉紅色馬卡龍。

「那就馬卡龍吧。」店長微笑著說，大概看到我的視線沒有離開過那些色彩繽紛的小圓餅。他拿了深紫色和粉紅色的各一個，放在純白的骨瓷盤子上。「紫色的是期間限定的巴薩米黑醋口味，粉紅色的是草莓。」

我在長椅的邊緣坐下，店長端了杯茶給我。

「伯爵紅茶。」他仍是那個淺淺的微笑，可是並不是那種商業的機械式笑容。這家店給我的感覺就像大學宿舍裡的共同空間，每天大家都在不同的時間進進出出，可能是在做作業溫習，也可能只是無聊在耗時間，偶爾碰到其他人，就會打鬧聊一下。

像家一樣。

手中的馬卡龍直徑大約有四、五公分，表面有光滑的亮澤，圍著那有點胖嘟嘟的小圓餅的，是像蕾絲般的花邊，美得讓人不捨得一口吞下去。我小心翼翼咬下半個，我沒有吃過馬卡龍，我還以為它像是中式杏仁餅般鬆脆，可是沒想到竟然這麼特別的口感——它的外殼像是雞蛋殼般薄，而外殼和內餡中間有點微微的Q軟，內餡的口感則綿密醇厚，一種遊走在巧克力、奶油和開始融化的軟糖中間的感覺，而內餡帶著的，就是甜甜酸酸黑醋味道。

「味道很特別。」我對店長說。

「嗯，義大利的巴薩米黑醋，對第一次吃的人來說，可能感覺怪怪的，特別是很多人可能不會把醋和甜點聯想在一起。」店長從櫃子中拿出一個小瓶子，倒了一點在一個小盤子中，並撕了幾小塊麵包放在旁邊。

「這是妳剛剛吃下那馬卡龍裡用了的五十年份巴薩米黑醋，好的黑醋就如酒一樣，愈陳愈香醇。而且陳醋會愈來愈稠，糖分也相對較高，最適合做甜點，或是和水果一起吃。」店長把盛著黑醋的小盤子放到我面前。「試試看。」

我拿了塊麵包沾了一點黑醋來吃，這樣吃黑醋的味道更濃了，店長說得沒錯，它有一種獨特的甜味。

「唔……我想還是喜歡這個草莓味多些。對不起。」

「不用道歉啊！口味是很個人的東西，隨著年紀的增長，口味也會改變。」

聽到店長這樣說，反而觸動到我的神經。

「你在說我還是個小女孩嗎？」說完我才覺得我的語氣好像有點不大禮貌。我想起阿樂，比我大十歲的他，還有盈盈姐，他們會懂得欣賞巴薩米黑醋嗎？也許就是因為覺得被看扁是小女孩，才讓我覺得生氣。

店長仍是一貫掛著親切的微笑。「只有真正年輕的女孩才不想被看成小女孩吧？我沒有看過成熟女人會因為被當成小女孩而不高興的。」

店長說得也很有道理，他整天在店裡，必定看盡各式各樣的人，沒有人比他有資格這樣說了。

「我的話，暴露了我還是個孩子？那你告訴我，要怎樣向所謂的成熟大人表白才最有效？」阿樂說過，他和盈盈姐的關係，說「交往」太俗套。那究竟是怎樣的關係，比我年長十歲的人，是不用談戀愛的嗎？

「是成熟大人的話，就不用表白。」店長邊整理櫃裡的盤子邊說。

不用表白？那是甚麼意思？是甚麼也不做嗎？

大概沒聽到我的回應，店長回過頭來。「既然活了那麼久，從一個眼神、某種行為，例如妳為了他出現在本來不會出現的地方，對方就能心領神會。人生有很多事情，友情、事業、林林總總，愛情只是其中一樣，不把話說得那麼白，留下一點空間，務必不要破壞建立的小小宇宙的平衡。中國水墨畫中所謂的『留白』，也是差不多的意思。」

這就是阿樂口中的「不落俗套」嗎？他和盈盈姐還有千絲萬縷的工作關係，所以不讓個人感情參一腿嗎？
可是我喜歡阿樂啊。我不懂甚麼計算，但如果稍微迎合店長所說的，那種「大人」的做法，就有機會和阿樂在一起的話，我不介意試一下，如店長所說，反正又不是把話說白。
離開TROVARE前，店長特地叫住我。「對了，如果妳要的是一段長久的戀愛的話……」
「怎麼了？」
「要說『不』。」
隔天我就在黃昏時分來到劇場，那天是星期六，他們正在為八點的演出作最後排練。
排練完畢後，阿樂從舞台上看到坐在空無一人的觀眾席上的我。向我微微頷首後，並沒有立刻移開視線。就這樣，我們默默遙望著彼此。其實我很想很想跑到下面，希望能和他多聊一下，因為這樣一動不動地坐著，我感到心臟快要跳出來了。可是，為了扮酷扮大人，我努力按捺住不動。幸好前排有座椅擋著，不然阿樂會看到我的腿在抖。
我感到，他已經從我的眼神看出我的心意。
這種表白真好，不用花甚麼心思送禮表達心意。

當大人真好——那時我是這樣想的。

到了正式演出的時間，他邀我到後台和他一起看演出，之後沒有和大夥一起去慶功，我們兩個去了附近的小酒館吃飯，一路上我們並肩走著。

心領神會。

把我送到我家樓下時，他好像在等我邀他上去。

「我明天有空再找你。」我說，我記得TROVARE店長的叮囑。如果這晚讓他上去的話，我不會是他的女朋友，而是消遣的玩具，我要把我年輕的急躁壓抑一下。

「好。那明天見。」他好像有一絲失望，但也好像更明白我要的不是一晚。

第二天的約會，他牽了我的手。兩年前的那天開始，沒有把話說白，但我就成為了他的女朋友。

3

聽傳回來公司的消息，盈盈姐昨天下午三時左右，在E街駛向A大道交界，當時她那邊是紅燈，可是她駕駛的車子突然衝出了十字路口，被剛好在A大道行駛的大卡車撞上。由於撞擊力太大，盈盈姐在送抵醫院後不久終於重傷不治。

盈盈姐的死，對公司上上下下的打擊不小。一來因為她是老闆的得力助手，二來她在工作上雖然很嚴厲，但因為她都是以理服人，而且對自己也是同樣的嚴格，所以在公司內人緣也很好，大家都很服她。

不過最令公司裡的人議論紛紛的，是那天她出去幹嘛，和為甚麼她會突然衝紅燈。

「那天盈盈姐的行程空空的，根本沒有要出去見客人的預約耶。」她的秘書悄悄告訴我們，當然，每次她都說不要告訴任何人。

盈盈姐為人很有條理，所有行程都會讓秘書知道，即使是私事她都會交代去多久，所以大家都對她出事前的行蹤很好奇。

我當然知道那天為甚麼她會出去，她去和阿樂見面了。見面的地點，還是我和阿樂婚禮的場地，在A大道以南兩條大街的一間精品飯店。

「等一下我下班還要去警察那邊一趟呢。」盈盈姐的秘書抱怨著。因為是死了人的交通事故，盈盈姐的車子被拖到警察局那邊，用來調查意外原因。可是公司怕盈盈姐當時帶著一些客戶的資料或文件，便叫她的秘書下班後跑一趟。

「不如……由我去吧。」我自告奮勇。

「真的？」

「嗯，反正我順路，而且客戶的東西我比較清楚嘛。」

「是耶是耶！」秘書繞著我的手臂。「其實我也怕，畢竟是有人在裡面撞死了。」

死的人可是妳的上司耶。我心裡忿忿不平，盈盈姐生前對她不知有多好。可是我也沒有資格批評，我也不是因為好心而去幫她，只是我怕車上有她和阿樂幽會的證據，我不想給別人看到。

到達警察局，碰到了意想不到的人。

阿樂在接待處彎著腰簽名。

「阿樂！」聽到我叫他，他差點整個人跳起來。

「妳怎麼在這裡？」他很快又回復冷靜。我看到他用身子遮掩著，偷偷地把一個盒子放進他的手提袋中。那是一個大約二十公分的正方形盒子，高度比鞋盒稍微矮一點。

「公司要我來看看盈盈姐的車上有沒有公司的文件。」沒有揭穿他，我把身分證和員工證件交給接待處的女警。「你呢？你不是明天才回來的嗎？」

「啊！劇團通知我，所以我提早一天回來。我也是來看看有沒有和劇團有關的東西。」他走過來，緊緊擁著我。「盈盈她……為甚麼會發生這樣的事？」他在哽咽。我環抱著他，以他和盈盈姐的交情，哭是正常不過。可是此刻的他，只讓我覺得那是掩飾謊言的演戲。

「那車上有劇團的東西嗎？」

「沒，沒有。」鬆開我後，阿樂邊用手掩著臉邊搖頭。

我以為阿樂會先離開，可是他說要陪我看盈盈姐車上的東西。負責這起案子的警官把清單給我，看裡面有沒有任何公司的文件。

可是我的心裡只想著阿樂藏起的那盒子。

清單上沒有文件，可是有一樣東西吸引了我的目光：飾物。

「看來沒有耶。」阿樂把清單拿過去交還警官，他好像留意到我的目光在清單上太久了。

離開警局後，阿樂開他的黑色休旅車送我回家，為了方便搬運劇團的道具，一年前他換了這輛休旅車。

「車上沒有文件，盈盈姐不是外出見客戶，又不是午飯時間，究竟是為了甚麼出去呢？」我故意提出來，想看看阿樂的反應。「阿樂你和她那麼熟，有甚麼看法？」

「我也不知道。盈盈這個人嘛，有時候行動也滿飄忽的。」

之後阿樂沒有再說話，和他交往兩年，他從沒有這樣。

「阿樂，」我握著他擱在排檔桿上的手。「我在想，現在這樣，我們的婚禮，不如延期……」

「怎麼啦？又在想奇怪的事。」阿樂專注地看著前方。「不用延期，既然喜帖已發了，改來改去太麻煩了吧？盈盈在天之靈也希望我們平平安安完婚，她不是也花了很多心思嗎？」

老實說，阿樂不想延後婚禮，我是鬆了口氣，可是我沒想到，他對盈盈姐的死好像沒有半點傷感。

因為在警局碰到阿樂的關係，所以沒有機會和負責盈盈姐那起意外的警官多說甚麼。第二天我向公司請病假，並約了那警官在警局附近的咖啡店見面。

那姓呂的警官看起來很年輕，但是他在電話裡的聲音有種沉穩的權威。

「不好意思，要你特地出來。」

「妳說妳有那意外的資訊？」

「呃，其實……我怕你不肯出來，所以編了這個理由。」我並不打算告訴他我知道為甚麼盈盈姐會在那裡，我只是想知道事件的經過。「盈盈姐是很照顧我的上司，我想知道究竟發生甚麼事。」

呂警官嘆了口氣。「我還以為……」

以為甚麼？我用眼神詢問著呂警官。

「妳應該知道，林小姐的車沒有在紅燈前停下。」呂警官稱盈盈姐做林小姐。「根據撞上她的卡車司機的供詞，那時還有另一輛車。估計當時那輛車在林小姐後面，不知是甚麼原因從後撞上她，導致她的車衝出十字路口，卡車煞車不及……而我們檢驗林小姐的車，也發現後面有和這吻合的撞痕。所以我們現在正全力找尋那輛車。」

還有另一輛車……嗎？

「是怎樣的車？」

「目前還不知道，卡車司機只記得是黑色或是深藍色的休旅車。」

4

「喂？阿樂？你還沒回家嗎？」電話另一邊好吵，我差點要用喊的。可是這更顯得我這邊的冷清。我看一看床頭櫃上的鐘，已經過午夜了。

「這次演出很成功喲！大夥才剛吃完晚飯說要續攤，妳要不要來？」兩年前和阿樂開始交往後，我主動不再負責劇團的宣傳工作，所以也減少了出席劇團的活動。我以為這是很成熟的表現，男女朋友，一起工作始終不大好。而且上班時間我們也盡量不碰面和打電話，我不想被認為是只顧談戀愛的小女孩。

「阿樂！快點喔！在等你耶！」阿樂後面傳來熟悉的聲音。對，我不做劇團的工作後，由盈盈姐再次接手。這一年劇團愈來愈成功，慶功宴辦個沒完，盈盈姐本來就和劇團的人熟稔，也就成了那些派對的常客。

「妳過不過來？我可以來接妳。」阿樂再問。

「我很累，想睡覺了，下次吧。」又不是兩人世界，這樣見面有甚麼意義？

「嗯，那妳好好休息吧。我回到家不會打電話給妳了，免得吵醒妳。」

雖然我這樣說，可是我根本睡不著，整個晚上，我的腦中都是阿樂和盈盈姐在嬉笑的畫面。一睜開眼睛，就看到掛在牆上的月曆。

這個星期，我見過阿樂兩次，可是盈盈姐最近差不多每晚也會和阿樂見面……

這就是阿樂口中超越世俗規範的男女關係嗎？我開始覺得當他朋友好像還好些。

我有向阿樂說過這種不安的感覺。「妳不要這樣，像個小女孩似的。」那時阿樂笑著輕撫我的頭髮。那正是我最不想聽到的。為了要在阿樂的身邊，我不是已決定了要當個成熟的女人的嗎？不像小女孩般黏人，要像盈盈姐那樣瀟灑。

我一直在強迫自己扮演「大人」的角色，可是我也想可以偶爾向阿樂撒撒嬌、發發小姐脾氣，我也想阿樂能給我一些驚喜，讓我覺得自己是他生命中的公主。可是為了能和阿樂在一起，即使不能談夢一樣的戀愛，我都覺得好幸福。

這種的幸福日子，一直到半年前，我嗅到不對勁。

那是從一束黃玫瑰開始。

劇季結束後，阿樂送了一束黃玫瑰到公司給盈盈姐，算是做為她一直努力負責劇團宣傳的謝禮。我對於阿樂事前沒有告訴我已覺得不是味道，理智上我知道阿樂真的覺得只是普通謝禮，根本不用特別向女朋友「申報」，而且向女朋友報備這種事，是阿樂最討厭的。

可是問題在盈盈姐。

那天我偶然看到她盯著那束花的樣子，我不能肯定，她那眼神有沒有愛情。

那天下午，盈盈姐午飯後沒有回公司。

內心的不安不斷在擴大，我一直盯著盈盈姐無人的辦公室，和裡面盛開著的那束黃玫瑰。

我用有點抖的手，按了那個熟悉不過的號碼。

「我是阿樂，請留言。」

不行，我不能總往那方面想。他們是多年要好的朋友，我不能用那麼世俗的眼光看他們。

理智上這樣想，可是半小時後，我便來到了劇場。

劇場的門打開了一道縫，我看到他們並肩坐在觀眾席第一排的背影。盈盈姐的旁邊，一道白煙徐徐上升。劇場內本來不能抽菸，但他就是會給盈盈姐特別通融。

「這樣好嗎？」盈盈姐的聲音響起。

「甚麼好嗎？」阿樂接過盈盈姐手中的菸，輕輕吸了一口。

阿樂從不抽菸，至少在我面前。

「你還要和那小女孩交往下去嗎？」

小女孩是指我吧。原來盈盈姐一直也對我和阿樂這段關係有保留的嗎？

「甚麼小女孩？」阿樂笑著。「我愛她。」

聽到阿樂這樣說，我應該很高興吧，可是我沒有半點高興的感覺，我甚至覺得他並不是認真的。

「愛？」盈盈姐再呼出一縷白煙。「我真不懂你了。」

「所以我們沒能在一起。」

「那你敢和她結婚嗎？」

「敢啊。今晚我就求婚。」

阿樂沒有食言，那天晚上他來了我這裡。

「我們結婚吧。」吃完簡單的晚餐，在我背著他洗盤子時他說。

「為甚麼？」

「妳不想？」他走過來摟著我的腰。

如果我拒絕，他不就輸了和盈盈姐的「打賭」嗎？他會怎樣告訴盈盈姐，盈盈姐會感到很高興吧，也許還會來一招乘虛而入。

就這樣，沒有浪漫的場景，沒有戒指，沒有下跪，就連感動的情話也沒有，我成了阿樂的未婚妻。

5

呂警官來找我，是我約他見面兩天後的事。他打電話到我公司，問方不方便下班後碰面，為了不讓其他同事碰到，我提議去他警局附近、和上次同一間的咖啡店。

「我們在調查林小姐為甚麼會到那附近。」呂警官翻著他的筆記。「據她秘書說，那天林小姐的行程中沒有和客戶見面的預約，午飯也沒有約人。正常來說，她下午應該在公司。」

「那……交通意外也要這樣調查嗎？」我想起昨天盈盈姐的秘書午休時出去了很

久，可能就是被呂警官問話吧。一想起阿樂的休旅車座駕，我就對警方這樣調查感到不安。

「我們是從各方面考量。我的下屬在找那不顧而去的車子，可是現階段還不能抹殺任何可能性。不過，」呂警官壓低聲音：「現場除了卡車的，找不到別的車子的煞車痕。包括林小姐的車的。」

「所以……？」

「林小姐看到紅燈，很可能是正常地減速，所以沒有很深的煞車痕。可是後面的車，是以高速從後撞上林小姐的車，但現場找不到煞車痕，表示後面的車子完全沒有停下來的意思。我們推想由於事發太突然，林小姐連煞車也來不及。」

就是說，可能是有人故意把盈盈姐的車子撞出十字路口？

「另外，我們在林小姐的車上，找到停車場的收據，調查後證實是事件現場附近的停車場。」

我感到一陣從身體內發出的涼意，這就是小說中所謂血液倒流的意思吧。

「那天下午兩點五十三分，林小姐駛離該停車場，沿著E街行駛，到A大道交界便發生意外。」

聽著呂警官說著，腦中出現的，卻是那天她和阿樂步出飯店時的表情，那個笑容，她哪會想到，沒多久後她便不能再笑？

「我們在停車場附近調查，發現……」呂警官繼續說著，這時他停下來，像是在想接下來要怎麼要說。

我也猜到他想說甚麼，現在市區所有地方都有監視器，警方要調查一個人的行蹤不是難事。

「林小姐意外前，去了那附近的R飯店，因為R飯店是精品飯店，本身沒有附設停車場，所以林小姐只有到別處停車。」

對喔，平日阿樂都會開車的，如果飯店有停車場，那天我就不會看到他們雙雙步出飯店。

「飯店的監視器拍到，那天她是和一名男士離開飯店的。」呂警官把一張照片從公事包拿出，放到桌上推到我面前，照片是那種警匪片中常常見到，從監視錄影帶中的截圖，照片中是一對有點模糊的男女，呂警官指著照片中的男人。「這是妳的男朋友吧？我看過證物科的文件，妳和他都去查詢過在林小姐車上的東西，他還取走了其中一件說是劇團的道具，因為那時還當成是交通意外，所以給他取走了。」

我記得，紀錄上說那是「飾物」。我看來，那可能是阿樂送給盈盈姐的東西，為了隱瞞他們的關係，他才那麼緊張要取回。

「我們還查了飯店對面的咖啡店，那裡的監視器清楚拍到妳在兩點十五分左右到達咖啡店，一直到四點才離開。」他看了一眼桌上的照片。「這也太巧合了不是嗎？」

「阿樂……他不知道我在那裡。」

「妳知道妳男朋友的座駕是一部黑色的休旅車嗎？」

「誒？」冷不防被呂警官這樣一問，我嚇得不知怎樣應對。「呃……嗯。」

「為甚麼那天妳不說？」

「我一直只認為，那是一宗交通意外。」

「妳現在還認為是意外嗎？」

我想起很多，想起阿樂說我是小女孩，想起他和盈盈姐抽同一根菸，想起那個爛到爆的求婚，想起他倆笑著走出飯店，想起他那麼著急要取回那個「飾物」的盒子……

想著盈盈姐的車被一輛黑色的休旅車從後高速撞上，連叫喊的時間也沒有，她的車子衝出了十字路口，被旁邊煞車不及的卡車撞上……

休旅車是故意撞上去的。

黑色的休旅車不顧而去，坐在駕駛座上的，是臉目猙獰的阿樂……

「是的，阿樂的車子是一部黑色的休旅車，那天我去了飯店，給我看見他們在那裡幽會。」

6

第一次踏進婚紗店，有種莫名其妙的緊張感。看到店內陳列著那些美美的婚紗，有象牙色的，純白色的，有鑲滿寶石的，很多薄紗的，或是綴滿蕾絲，有公主型的，有人魚款的……

我知道我現在就像第一次踏進糖果店的小女孩，幸好阿樂還沒到，我可以暫時享受一下當個夢幻新娘的滋味。雖然在國外，傳統上是新郎在結婚當天才第一次看到新娘子穿婚紗的樣子，可是我想要阿樂也參與整個婚禮的籌備過程。

在瀏覽婚紗款式時，我聽到背後傳來清脆的高跟鞋跟聲音，和那個熟悉的步伐。

「盈盈姐？妳怎麼來了？」

「這次的劇本突然改了，有很多東西要重新設計，阿樂這陣子會很忙。」盈盈姐看了看我掛在一旁準備要試的婚紗。「他說我知道他的喜好，叫我來幫忙。」

阿樂是怕我把婚禮搞大吧，他本來只是想簽個字便算，可是爸爸說這樣我嫁得好像見不得光似的，所以我們決定辦一個簡單的婚禮，只是我們還沒有詳談過「簡單」的定義。

「選婚紗前先選場地吧。」盈盈姐打開她的文件夾。「這是在A大道附近的精品飯店，裡面有個設計不錯的小宴會廳，那裡的經理是我和阿樂的朋友，婚禮的日子給你們留下了。」

「等等……甚麼小宴會廳？」

「妳知道吧？阿樂說不要鋪張的婚禮，他希望是像西式雞尾酒會的形式，這個小宴會廳最適合。」盈盈姐繼續翻她手中看起來像是企劃報告的文件。「當天會採用西式禮儀，新郎新娘各自到會場，這是場地初步布置的平面圖。會利用高桌子擺出一條走道通向大門，場地中間會有個擺設，阿樂和證婚人會在那裡站著，妳便從走道走出來，禮成後就是拍照和雞尾酒會。」

我聽著盈盈姐說著婚禮當天的安排，感覺就像和她一起去見客戶、我只是個見習小女生坐在一旁聽著她講解。

這不是我的婚禮嗎？怎麼好像在聽工作企劃書呢？

「所以，」盈盈姐終於停頓一下。

「所以？」

「由於婚禮是這種形式，所以婚紗的選擇要以簡約為主，一來是考慮實際需要，那種場地不可能讓妳拖著長尾巴，二來太誇張的婚紗也和簡約婚禮格格不入。」

原來說了那麼多，就是不想我選太隆重的婚紗，這也是阿樂的意思吧。「那頭紗呢？長一點的可以吧。」我腦中出現的是阿樂揭起頭紗親吻我的一幕。

「這……最好不要，因為整體一點也不協調。」盈盈姐的聲音帶著一點權威，看來她是把我和阿樂的婚禮當成是工作上的企劃來管理了。

在盈盈姐的「監督」下，我試穿了一件款式很典雅的禮服。那是象牙色的魚尾款式，布料是高級的絲綢，上半身有蕾絲作點綴，看起來不太像婚紗，反倒像西式宴會裙子和旗袍的混合體。

可是我很喜歡。我聽說過，當新娘穿起屬於她的「那套」婚紗時，她會有「就是這套了！」的感覺。

不能否認，盈盈姐的眼光很好。她選的第一套，就讓我有「就是這套了！」的感覺，之後我再試了五、六套，都沒有那樣的感覺。盈盈姐只是在一旁看著，表情就像是說「我就知道妳喜歡第一套」。

選完婚紗後，我說想去蛋糕店看結婚蛋糕。

「飯店的婚禮點心套餐有送結婚蛋糕。」原來盈盈姐連那天招待的點心都安排好了。

「那是甚麼蛋糕啦？」我咕嚕著。我想要馬卡龍塔，自從兩年前在TROVARE看過那些可愛的馬卡龍塔後，我就決定了，哪天結婚一定要有馬卡龍塔。

「只是普通的三層香草味蛋糕啦。那種場合，其實沒多少人在意蛋糕的。」盈盈姐想了想。「嗯……也對，可能也真的太單調了。不如這樣，那買一束黃玫瑰放在蛋糕上做裝飾吧。」

「為甚麼是黃玫瑰？」我的心有點沉了一下。

「因為我喜歡黃玫瑰囉。」盈盈姐笑著，我彷彿看到當年那個很照顧我很親切的盈盈姐。「就這樣，這是我這個好朋友對你們的祝福。」

「所以我說有盈盈在絕對沒有問題的。」電話的另一端傳來阿樂的聲音，可以聽到背景是劇團在排練。

「可是我不想要那個飯店送的結婚蛋糕，還有黃玫瑰……」我把盈盈姐說要放黃玫瑰的事告訴阿樂。

「哈哈，她真的這麼說？」

「阿樂！我是認真的。」我嚴肅地說著。「我對婚禮只有一個要求，你要一切從簡，你要讓盈盈姐決定所有細節我沒有意見，可是，我要我的馬卡龍塔。」

「……」阿樂沒有說話，他也察覺我這次沒有讓步的意思。

「好吧，」他終於開口。「我和盈盈說。」

我倆突然沉默下來，是我這莫名其妙的執著讓阿樂不高興嗎？幸好這時有人按門鈴，打破了那奇怪的氣氛。

「有給小姐妳的宅配，請簽收。」宅配人員把包裹交給我，送件人是阿樂。

「終於來了？太好了！我還在擔心怎麼這麼久還沒送到。」阿樂聽到我和宅配人員的對話，鬆了口氣的樣子。

我打開宅配的包裝，裡面是一個小巧的絨布盒子，我側著頭把電話夾在肩膀上，一邊把盒子打開。

「這……」裡面是一枚戒指，中間鑲了一顆鑽石，戒指的設計看起來像是在鑽石後面有一個英文字母L。

「和我這邊那枚是一對的。」阿樂說著。「我的有妳名字的第一個字母。這可是我特別拜託朋友幫我做的。」

我把戒指套在無名指上，大小剛剛好。

「你怎會知道我手指的大小？」

「連這些也不知道，怎能當妳的老公？」阿樂在另一端得意地笑著。

「怎麼了？」聽不到我的回應，阿樂問。

「沒有，」我把戴著戒指的手靠在臉頰，這一刻，甚麼也不重要了。「謝謝你。」

7

我盯著無名指上的訂婚戒指，想著那天收到這枚戒指時的心情。

昨天阿樂打電話來說要協助警方調查盈盈姐意外的事。

「只是一般的例行調查，妳不用擔心，不過可能會弄到很晚。」電話中的他還怕我會擔心。

阿樂還不知道，是我告訴呂警官看到他和盈盈姐在飯店的事，他當然想不到，因為他還不知道他那天去出差的謊言已被我識破。當我對呂警官說那天看到阿樂和盈盈姐在飯店時，感覺自己好像變了另一個人。那時我完全忘記了第一眼看到戒指的那種感動，完全忘記了阿樂特地為我做了這枚結婚戒指。

女人的妒忌心真不能小覷。

不，才不是。我是盡一個良好市民的義務，把所知道的告訴警方罷了，我又沒說是阿樂把盈盈姐撞出十字路口的，如果警方調查過後證明和他無關的話，便會釋放他的嘛。

「妳的伯爵紅茶和馬卡龍。」店長的聲音把我帶會現實。

因為盈盈姐死了，阿樂剛剛又被警方請去調查，婚禮籌備的工作稍微暫停下來，不過盈盈姐死前已完成十之八九，除了結婚蛋糕外所有事情已準備好。我在附近閒逛著，不知不覺又來到了TROVARE甜點店。

這天的馬卡龍是玫瑰口味，粉紅色的馬卡龍外殼，內餡是玫瑰味道的白巧克力甘納許。無論顏色還是香氣，都讓我像走進了夢幻世界一般，暫時忘記了現實中的種種。

「你笑甚麼？」我看到店長低著頭邊泡咖啡邊微笑。

「沒有。」店長喝了口咖啡。「看到妳吃馬卡龍的模樣，那一臉幸福的樣子，是對做甜點的人最大的稱讚。」

店長的視線落在我的手指。「何時是好日子？」

「呵，你注意到了。」我嘆了口氣。「不過可能不太順利耶。」

店長沒有搭話，可是我還是繼續說著，從老大不願意選了一件成熟優雅的禮服，到那個簡約的婚禮，到看到阿樂和盈盈姐在飯店，以及盈盈姐死亡的離奇意外，還有我認為阿樂是犯人……

「所以婚禮可能會拉倒吧。」我苦笑。「本來我還想向你訂馬卡龍塔的。」

店長還是沒有搭話，他打開冰箱，拿了一個裝在威士忌杯裡的甜點。「試試看。」

我用店長給我的小匙掏了一口，裡面是鮮奶油和草莓，還有一些粉紅色的脆餅在裡面。

「這是……」

「用失敗的馬卡龍餅做的。」店長指著陳列櫃中那些粉紅色的馬卡龍。「烤馬卡龍很考驗功夫，溫度和濕度差了少許，就可能導致整批失敗。即使是很有經驗的甜點師，也不能保證每一次烤出來都是完美的。可是總不能浪費那些烤得不大好的，所以便製作了這些。所以妳以為很夢幻的馬卡龍，背後可能是甜點師經過一次又一次殘酷的失敗，才有現在的成果。現實世界中的浪漫，從來都不是想像中那麼夢幻的。」

我笑著繼續吃著杯中那沒有名字的甜點。「你這樣說好像不太好吧，女人買甜點，明明就是為了這些像夢一般精美的點心，和吃下去時那短暫的幸福感覺。你這不是拿石頭砸自己的腳？」

「妳不向我訂馬卡龍塔也沒關係啊，那只是婚禮中的一樣東西，婚禮，只是一天的事，」店長的表情認真起來。「而婚姻，卻是一生。」

「那是我錯了嗎？我不是答應婚禮所有事都讓阿樂和盈盈姐作主了嗎？我唯一的要求只是有馬卡龍塔罷了，新娘子不應該是婚禮的主角嗎？為甚麼我做為新娘子連這樣一個微小的資格也沒有？」

「做為一個甜點師，最困難的，不是要成功做出各種甜點，而是要做到合顧客口味的點心。」店長走到陳列櫃前，微微欠身盯著裡面的甜點。「有些甜點，一些客人會覺得太甜，可是另一些客人又會覺得不夠甜，所以我只能盡量記住客人的口味，再推薦合他們口味的甜點。」

他挺起身。「戀愛也是一樣。妳覺得浪漫的事，有些人可能覺得好無聊；妳完全沒放在心上的事，對某些人可能是感動不已的重要回憶。」

店長沒有再多說甚麼，只是整理一下櫃子裡的甜點、洗洗盤子。這個店長，像是能看穿事情似的，兩年前如是，現在也是，他總是在說著似是而非、是忠告卻又像閒聊的話。

似明非明的，我只是默默低著頭把杯子裡的甜點吃完。

離開TROVARE，一走到大街便碰到了呂警官。

「呂警官，真巧喔。」

「喲，是的，附近有案子所以來調查。對了，洗脫嫌疑真好。」他笑著向我揚著手。

「甚麼？」

「我們找到肇事的司機了，那人和妳未婚夫駕同一顏色同一款的休旅車。」

甚麼？

阿樂不是犯人？

「那人承認了，大白天喝醉酒，導致那樣的意外，因為心裡有鬼不敢報警，不過幸好修車場的人暗中通知我們。我們在他的車子找到一些黏著的油漆，證實是林小姐的車子的。

「阿樂真的和事件無關嗎？」

「嗯，其實很快便證明了。」呂警官翻著隨身的那小筆記本。「除了我們檢查過妳未婚夫的車子，沒有發現任何碰撞過的痕跡外，那天他一點四十分開進停車場，五十分走進飯店——這是飯店監視器拍到的，林小姐的車子兩點十八分開進停車場，兩點二十五分進飯店，然後和阿樂在兩點四十五分離開。林小姐發生意外的時間是三點左右，可是妳未婚夫到停車場前先到了附近的商店，所以他的車子三點三十七分才離開停車場……」呂警官唸著紀錄，聽起來就像唸經一般。

「等等！」我阻止呂警官繼續唸下去。「你說盈盈姐兩點二十五分才進飯店？」

「嗯，那是根據飯店監視器的時間。」

沒理由的，我記得在宴會廳躲起來的時候，飯店的時鐘是兩點十分還不到，我躲起來沒多久，便從門縫中看到白煙，那是盈盈姐在裡面抽菸。

可是如果呂警官所說的是事實的話，那我躲起來那時候，盈盈姐不但還沒進飯店，甚至還沒進停車場。雖說飯店的時鐘和監視器的時間可能有誤差，可是也不會差那麼多。

為甚麼會這樣？為甚麼時間會不對？

8

「妳還是不死心嗎？」午休時同事看到我在翻外國的結婚雜誌。

「沒有啦，只是看看還有沒有甚麼細節遺漏而已。」但其實我真的無法死心。距離婚禮還有兩個月，一切已經準備好，阿樂的簡約婚禮勢在必行。

雜誌裡的婚禮都好漂亮，有一輯是在城堡一般的古老大教堂裡，金髮的新娘子穿著一襲拖著很長很長裙襬的婚紗，就像公主出嫁一樣。

「放心啦，盈盈姐不是替妳打點一切嗎？」同事還不識趣地提起盈盈姐。

幸好桌上的電話響起，讓我不用再談盈盈姐這個話題。

「您好，我們是R飯店打來的，是要確認閣下明天兩點來飯店看婚禮場地的事……」

「我？看婚禮場地？」

「嗯……您上星期提出的……啊啊，對不起，我同事搞錯了，應該是新郎要來，可是另一位同事填上了您的聯絡電話……」

阿樂要去看婚禮場地？他不是把所有事情交給了盈盈了嗎？而且……他幾天前出門，說要去國外出差，週末才回來。為甚麼他會約明天看場地？

「真的不好意思，工作中打擾了。」對方不停在道歉。

「沒關係。」掛上電話後，內心好像有個黑洞，把一切都吸進去毀滅。

其實沒有甚麼，從事舞台設計的新郎想要看結婚場地，是自然不過的事，問題是，整個婚禮的事他一直都交給盈盈姐負責，為甚麼他現在要參一腳？

「這個麻煩妳交給盈盈姐。」這時另一部門的同事來，把東西交給盈盈姐的秘書。

「啊……我趕著出去耶。」

「我來幫妳。」我站起來請纓。「我也有東西要給她。」

其實我是想進盈盈姐的辦公室，我總是覺得，那裡會有甚麼蛛絲馬跡。

果然，在盈盈姐的桌上，有一張便條貼，上面很潦草地寫著明天的日期和兩點到四點這個時間。

阿樂約了盈盈姐——很合乎邏輯的想法吧。

第二天我裝病沒去上班，一大早我便去飯店裡面的咖啡店，我不知道自己幹嘛要在這裡等？是想看到什麼嗎？阿樂和盈盈姐幽會？那我要捉姦在床嗎？要在阿樂和盈盈姐面前發難嗎？

下午一點五十分左右，我看到阿樂出現在大廳，他看起來有點累，除了平日他帶的手提包外，手中還拿著一個Ａ４紙那麼大的紙袋。如果這幾天他不是去國外出差的話，他去了哪裡？在做甚麼？

不，是「和誰」在做甚麼。

在前檯等了一會兒後，一名飯店職員從辦公室出來。我認得她，是負責我們婚禮事宜的經理。他們談了一會後，阿樂自己走到我們預定做為婚禮場地的宴會廳，我一直跟在後面。大約幾分鐘後，阿樂從宴會廳裡面出來，是結束了嗎？像個小偷似的，我放輕腳步走進宴會廳。小小的宴會廳空空如也，只是在一角放了一張吧檯高度的小桌子。桌子被象牙色的桌布覆蓋著，在檯腳中間的位置綁了淺藍色的緞帶。桌面散放了一些玻璃珠的裝飾，中間還放了一盞小檯燈。這就是所謂的「模擬布置」吧。因為離婚禮還有兩個月，宴會廳不可能完全布置成婚禮那天的樣子，所以就只有這一張桌子，用來給客人看看，好對當天的布置有概念，我辦活動時也有做過。

桌上的檯燈很精緻，大約一隻手掌那麼高，形狀像是有點拉高了的馬戲團小帳幕。頂部有個座放著一個小蠟燭，下面的是珍珠色的布幕，布幕的底部是個五公分左右的底座，布幕不是完全連接底座，每隔一段就有一些小孔，所以整個檯燈看起來就像是一個帳幕，底座那裡有個凸出的像是鈕的東西，在那個鈕之下有條軌道，看來可以按下去的。

既然檯燈頂部放小蠟燭，那底座的鈕有甚麼用？

正當我想走近看看那燭台的時候，我聽到有人來，心虛的我急忙找能躲的地方，因為要從正門逃已經是不可能的了。我看見不遠的角落有道半掩的門，後面應該是雜物室之類。沒有想太多，我便閃到裡面去，蹲下來透過門縫觀察外面的動靜。

來的人正是阿樂。他走回來宴會廳，甚至在我面前的門縫經過。我屏著呼吸，生怕一點點的動靜也會讓他發現。這裡說是雜物室，但其實只能算是嵌進牆裡的雜物櫃，名副其實裡面堆滿了雜物：拖把、水桶、椅子、摺疊式桌子等等。躲在裡面的我連轉身也有困難。所以我根本看不到阿樂在做甚麼。

跟在阿樂後面的，是高跟鞋的叩叩聲，他們一直走到宴會廳的另一端，沒多久，我便聽到悠揚的音樂聲充斥著，應該是阿樂去播放的。

盈盈姐來了，現在已經是約定的兩點了，他們相約在大廳做甚麼？

為了盡量不碰到身邊的東西，我從包包中掏出我的小化妝鏡盒，可是因為我在死角，怎樣也看不到宴會廳內的動靜。我感到心跳得好快，可是我不知道是因為害怕給他們發現？還是因為看不到他們在做甚麼而乾著急？明明只是幾十秒鐘的事情，可是兩個人，在這樣無人的宴會廳內，可以幹甚麼？為甚麼那麼靜？

突然「啪」的一聲，宴會廳內隨即一片漆黑，因為雜物室沒有燈，我也沒入一片黑暗中。可是很快便有一點光透進來。

對，他們點了蠟燭，吧檯上那就是燭台。

那只是為了看模擬婚禮場地嗎？要真的那麼有氣氛地點了蠟燭嗎？阿樂不是說浪漫只是小女孩的玩意嗎？那這個蠟燭是誰的主意？

「呃，不好了……」是阿樂的聲音，因為音樂的關係，聽不到之後他在說甚麼。甚麼不好了？他們在做甚麼？

我努力調小鏡子的角度。從化妝鏡中反映出來的，是一縷白煙。

幾分鐘後，阿樂和盈盈姐離開了宴會廳，我乘機離開後沒有立刻回家，而是去了飯店對面的咖啡店發呆，不斷在腦海中出現的，是那在昏暗燈光下飄蕩的白煙。

我想起那天在劇場裡，那徐徐飄起的白煙。背對著我的那兩個人，背地裡的感情，一定就像那些輕煙一樣糾纏在一起。

9

「所以，」店長一邊篩杏仁粉一邊說。「阿樂不是開車撞盈盈姐的人。」

「嗯。」我點頭。「警方已經找到肇事的那輛休旅車，司機是個不務正業的富家子，那天午飯喝了很多酒，完全失神的狀態下把盈盈姐的車撞出十字路口，看到她的車被貨車撞上，他嚇得立刻駛離現場。雖說有車子的撞痕這鐵證，可是另一點、也是我最不解的一點，就是時間上不吻合。」

因為阿樂的嫌疑已經洗清，婚禮也可以如期舉行。我來到TROVARE訂馬卡龍塔，幸好這次意外地很容易便找到了店面，最後我選了草莓和香草味，所以會是粉紅色和珍珠色的馬卡龍。

「那妳還在糾結甚麼呢？婚禮的事都準備好了嗎？」

「還差頭飾未敲定，因為不會用頭紗，所以新秘會根據造型借我頭飾。我沒有在糾結，我只是覺得很納悶，明明兩點十分左右，阿樂是和盈盈姐在宴會廳，可是警方卻說盈盈姐比阿樂還要遲半小時才到達飯店，阿樂又騙我去出差，還有他鬼鬼祟祟拿走盈盈姐車內的東西，一切一切，我已經不知道要怎麼想了……」我愈說愈快，聽得出自己的聲音抖得很厲害，我想，我快要哭出來了。
「等等，妳總是把幾樣東西混為一談。」店長雙手舉到胸前的高度，示意我慢下來。「妳剛才說那些事，其實是獨立事件不是嗎？先說最開始的，是阿樂騙妳說出差的事。」
「對喔，為甚麼他要騙我？」
「那還不簡單？他有事情要辦，而這件事不能讓妳知道。妳知道他那幾天住在哪裡？」
「他睡在劇場的辦公室。」那是我後來打聽到的。
「為甚麼要住劇場？如果他真要和盈盈姐在那幾天幽會，應該住飯店吧？還是因為劇團的事？」
「如果只是劇團的事，為甚麼不能告訴我？」
店長想了一下，他沒有接下去。「那我們談那天的事，妳是親眼看到他們在宴會廳裡幽會？」
「我……」我無言。
我的確不是親眼目睹。只是看到廳裡的白煙，而假設是盈盈姐在裡面抽的菸。
「我只是看到白煙，可是那不可能是阿樂在抽，只有在劇場那一次，還要是盈盈姐的菸。他身上沒有菸和打火機。」
店長好像想到甚麼。「妳說那宴會廳是在模擬婚禮那天的布置？」

「嗯，不過只有一張桌子，但是布置成和婚禮那天一樣的。」

「上面放著一個特別的燭台……」店長看了看陳列櫃中的甜點，突然岔開話題：「妳要不要學做馬卡龍？」

咦？店長已經打開櫃檯旁邊的門邀請我進去，他在那小小的開放式工作檯準備了剛才篩好的杏仁粉、糖粉、蛋白和砂糖。「先把蛋白和砂糖打發到硬性發泡。」店長開動了電動打發器。十多分鐘後，他把打發器的碗拿出來給我看。

「這就是。」店長笑著把碗倒過來放在我頭頂上，可是蛋白並沒有掉下來。「現在要把杏仁粉和糖粉拌進去，一直到麵糊叨起來時，流下來的麵糊像是緞帶一樣。」

之後店長把麵糊倒進擠袋裡，然後在放了烘焙紙的烤盤上，把麵糊擠成一個個的小圓形。他讓我試擠了幾個，可是大小很難掌握，所以有些太大有些太小。

「還不錯喔。」店長扠著腰看我在擠。「接下來就是等它們的表面乾燥。」

「那是為甚麼啊？」

「因為要做那讓人著迷的裙邊囉！」店長從陳列櫃中拿出一個馬卡龍。「圍著這個小圓餅，像蕾絲裙邊一樣的東西，就是靠這個過程做出來的。」

我看著店長，一臉不解。店長只是微笑，沒有多作說明。等了大約半個小時，用手輕輕碰麵糊表面都不黏手，店長便把它們放進預熱好的烤箱。

「哇！裙邊成形了！」我蹲在烤箱的門前，盯著裡面那些可愛的小圓餅。幾分鐘後，麵糊開始脹得胖嘟嘟的，裙邊也出來了。

「當麵糊的表面乾燥後，就像是有一層膜，可是裡面的麵糊還是濕潤的。」蹲在我旁邊的店長終於開始解釋。「麵糊在烤箱裡溫度上升，麵糊裡的水分開始蒸發，造成餅乾的膨脹。可是由於那層膜，水蒸氣不能在頂部散發出來，所以便利用麵糊底部和烘焙紙之間的空罅『逃走』，當大量的水蒸氣在底部周圍『衝』出來時，便形成了那些裙邊。」

原來如此，看起來很夢幻的馬卡龍外型，原來背後是那麼科學的原理。

等等……從底部「逃走」的蒸氣？

白煙！

我突然想到那個燭台，在放蠟燭的位置下面，像是帳幕的布簾，不就像是馬卡龍的膜一樣嗎？

「所以，我看到的白煙是和那個燭台有關嗎？」我問店長，可是他只是微笑地看烤箱裡面的馬卡龍。

「我們來做馬卡龍內餡吧！」店長站起來，從冰箱裡拿出鮮奶油。

「妳說妳當時是蹲在門後，用化妝鏡窺看宴會廳內，也就是那時看到白煙。可是，那不可能是抽菸的煙。」店長倒了一些烘焙用的白巧克力在砧板上，再把它們切碎成差不多像是粉末狀。然後他把鮮奶油倒進鍋子加熱。「因為，香菸的煙比空氣輕，如果盈盈姐真的在裡面抽菸，她呼出來的煙，蹲下來的妳沒可能看到。」

對喔，那時候，那些白煙，的確是在我蹲著的高度在飄浮。

「那些不是煙。」店長把加熱了的鮮奶油倒進巧克力中，鮮奶油的熱度在融化著巧克力。「比空氣重的，是二氧化碳。」

「二氧化碳？」

「簡單來說，就是乾冰。」等了一會，店長開始攪拌。「噢，妳看到的那個燭台，我想它底部盛了水，上面放了乾冰，而且是個小裝置，可以控制把乾冰放進水中。」店長把完全溶化在鮮奶油中的巧克力放進擠袋，再放進冰箱。

「等甘納許冷卻就好了。說回那個裝置……」店長邊說邊在紙巾上畫了燭台樣子。「根據妳的描述，大概是這個樣子吧。」

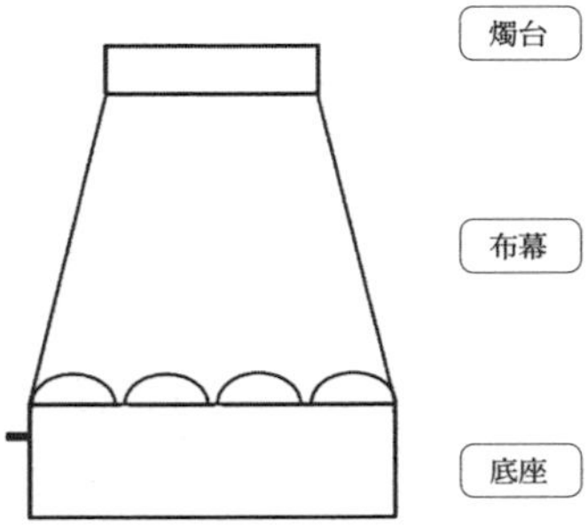

「我想，大概是類似的裝置。底座的鈕連接著一個像是碟子的東西，上面放了乾冰，只要按下那個鈕，盛著乾冰的碟子便會沒入水中，那乾冰因為溫度上升急速昇華化成霧。可是由於燭台的頂部是密封的，所以霧便從布幕和底座間的小洞走出來，也是妳看到的煙。」

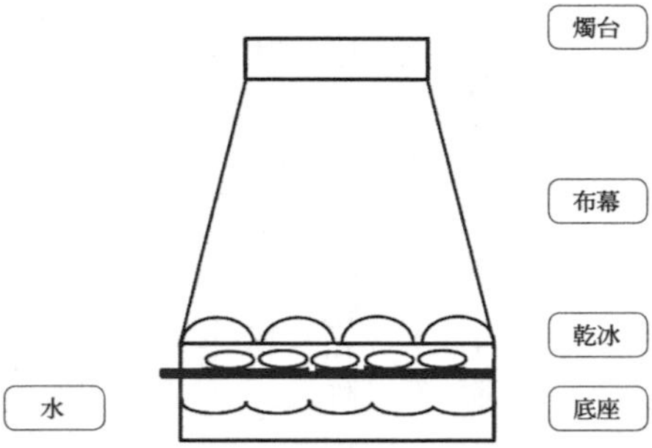

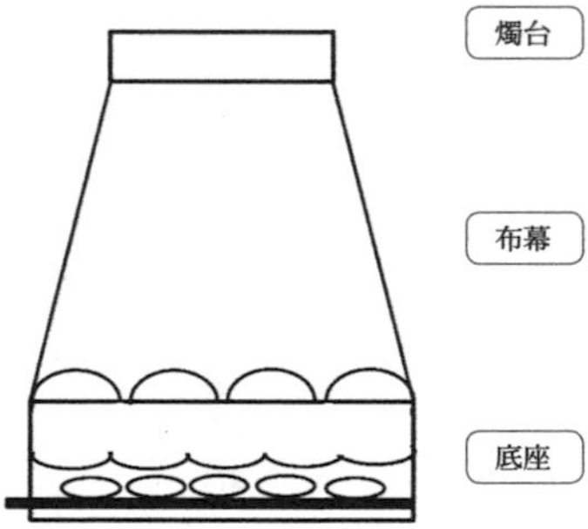

所以，那個煙並不是抽菸時的煙。「等等，可是當時我是看見了，有個穿高跟鞋的人和阿樂在宴會廳裡的。」

「天啊！」店長環抱雙臂。「妳想一想事情的次序：首先是阿樂一個人去宴會廳，然後他離開，回來時那個穿高跟鞋的人便跟著他，之後妳便聽到音樂……」

「嗯。」

「那一定是飯店的員工啦。阿樂去看場地，可是他想聽聽那裡的音響設備，所以便去找飯店員工來幫忙。」

那不是盈盈姐？聽起來好像很合理，因為我先入為主認為他們是在那裡幽會，所以連最簡單的事實也看不清。

「可是，阿樂的確是約了盈盈姐啊，我看見他們一起從飯店出來的。」

「一定不是有甚麼吧？以幽會來說，時間太短了。」店長露出一個饒有興味的笑容。「妳也有進宴會廳，除了那模擬布置是飯店提供外，還有……」

「那個燈檯！所以阿樂是約了盈盈姐去看那個裝置？可是……那個裝置是要來做甚麼？」

一聽到我這樣問，一直以來都好像很酷的店長像是被我點了笑穴，差點笑彎了腰。「哈哈，人家說女人結了婚會變蠢。我看妳，是還沒結婚已變蠢了。」

「甚麼跟甚麼嘛！你是看穿了真相是不是？快告訴我啦！」我肯定，店長是看穿了，他就是有這個能耐。

「對了，妳可以給我送馬卡龍塔的地址嗎？」店長又在轉移話題。

我把飯店的地址交了給他，他看著那地址好久。

「那你可以告訴我你的推理了嗎？」

他又回復了那狡猾的表情，還把食指放到嘴前。「我不是說過嗎？有些事情不用說得太白。」

10

「很漂亮！」新秘發出職業性的讚嘆，當然，她也許不是在稱讚我，而是她的化妝技巧。

看著全身鏡中的我，盈盈姐為我選的婚紗，經過幾次修改後合身得不得了，雖然不是我以前渴望的童話公主，但卻像現實中的優雅貴族。

可惜，盈盈姐看不到，這一刻，我突然很想她能在這裡。

「妳說沒有頭紗，我帶了幾個合適的……」新秘在看她的箱子，這時有人敲門。

是阿樂：「我可以進來嗎？」

「不，都說了，等一下才讓你看到我穿婚紗的樣子。」

「有個東西，我想交給妳。」

新秘把門開了一條縫，阿樂把一個盒子遞進來。

我認得這個盒子，是那天阿樂從盈盈姐的車子領走的那個「飾物」。

我打開盒子，是一個頭飾。一個復古風的象牙色絲綢做成的牡丹，上面有幾顆珍珠，還配上一塊同色的網狀面紗。

「這是盈盈做的。」門後傳來阿樂有點哽咽的聲音。「她一直找不到她滿意的，所以親手做了一個頭紗。她之前說過要在這天才拿出來給妳驚喜的。」

新秘為我戴上頭飾，果然，和婚紗很配，簡直就像原本就是一套衣服。

除了阿樂把燈檯給盈盈姐看，那天盈盈姐也是想把頭紗給阿樂看吧，所以意外發生後，阿樂急著領走。

「喜歡嗎？」阿樂問。

「嗯，盈盈姐做的，絕對沒問題。」我走到門邊，把手放在門上。

阿樂就在門的另一邊。

「時間差不多了。」阿樂的聲音，好近。

「嗯，等會見。」

因為穿的不是臃腫的華麗公主禮服，我和伴娘在飯店人員帶領下，很輕鬆地走到宴會廳，大門關著，裡面傳出鋼琴的伴奏，阿樂不喜歡婚樂，所以選了一些冷門的鋼琴演奏曲。

當大門被打開的一刻，我呆了。

我本來就知道婚禮時會用吧檯高的小桌子拼出一條走道，可是……

宴會廳只剩下燭台昏暗的燈光，眼前的走道兩旁每張小桌子都放有那個燈檯，上面點著小洋燭，綻放著溫暖的光芒。而縈繞在桌面的，是一縷縷的白煙！

不，那是霧，店長說過，那是乾冰的效果。這條一分鐘不到便走完的走道，浪漫的瀰漫著點點的白色煙霧。走道盡頭的阿樂，臉上掛著一個得意的笑容。

「嘻嘻，怎麼了，驚喜得說不出話來？」走到台前，阿樂牽著我的手。「這個可是我躲起來，不惜在劇團睡沙發做的。」

原來，那個「裝置」，就是為了今天，阿樂做這個特別的燭台，就是為了製造今天給我這個浪漫的場景。沒有鋪張的婚禮，沒有誇張華麗的公主婚紗，可是他就在這一點點的事上滿足了我想要一個浪漫婚禮的渴望。

在主婚人的主持下，我們交換了結婚的誓盟，還有那對阿樂特地訂製的婚戒。當我不爽盈盈姐主導了婚禮的籌備工作，阿樂暗地裡給我訂製了這對獨一無二的婚戒；當我在懷疑他和盈盈姐有曖昧，阿樂卻是靜靜地給我安排了這場驚喜。

就這樣，這個小小婚禮，我沒有變成夢中的漂亮公主，可是這裡的空氣，都是阿樂對我的愛，我成為了最幸福的新娘子。

禮成之後，便是雞尾酒會的時間，我和阿樂穿梭在會場招呼著親友。「我不喜歡用舞台的乾冰機，所以造了這個燈檯，可是因為要待妳進場時的一刻才開動，所以盈盈出事那天，我約她來看燈檯的效果，順便交代飯店員工，可是在她到達前，飯店員工不小心按了那個鈕，乾冰就進到水裡了。」阿樂像是說笑話般說自己的糗事。

所以那時阿樂脫口說「不好了。」

走到馬卡龍塔附近時，阿樂也說做得很漂亮。

「是一個很有趣的甜點師做的。」

「很有趣？不像是形容甜點師耶。」阿樂笑著。「咦，這裡有幾個黃色的，和這些粉紅色和珍珠色的放在一起一點也不覺得突兀，果然是很有才華的甜點師。」

黃色？

我記得，我只訂了草莓和香草口味，所以是粉紅色和珍珠色的馬卡龍。為甚麼會有黃色的在裡面？

我拿起其中一個黃色的來吃。這個香氣……是玫瑰！

「對不起，打擾一下。」走過來的是這飯店負責我們婚禮的經理。「剛剛馬卡龍塔送來的時候，那個送貨的請我傳個口訊給你們。」

是店長？「是不是一個個子小小的，留著鬍子的大男孩？」

「噢……不，好像只是被委託送貨的，但他帶了店長的口訊。他說沒多久前，有位女顧客到那家店，想訂一個黃色的馬卡龍塔，還指定要玫瑰口味，說是送給朋友的結婚禮物。一般來說很少會用黃色的馬卡龍做玫瑰口味，所以店長很有印象。那位客人留下了婚禮日期和地址，可是後來再沒有見過她。那位師傅知道敝店今天只有一場婚禮，所以把黃色玫瑰馬卡龍放了上去，還說請你們見諒。」

經理鞠著躬離開後，我和阿樂沉默地看著那些黃色的馬卡龍。

「不如這樣，那買一束黃玫瑰放在蛋糕上做裝飾吧。」

「為甚麼是黃玫瑰？」

「因為我喜歡黃玫瑰囉。就這樣，這是我這個好朋友對你們的祝福。」

腦中出現那時盈盈姐的笑臉。她竟然找到了TROVARE，還真是要送我們一束黃玫瑰。

我咬下那綿密的黃色小圓餅，感受著摯友的祝福……

離別可麗蛋糕

同樣的材料，換了不同的做法，
烤出來就是不一樣的東西了

我，今年三十八歲，和老公結婚超過十年。
情人，有一個。

1

掛上電話後，我正襟危坐地坐在沙發上。

為甚麼一切好像很陌生？我突然閃過這個念頭。才不過一個月前，這裡還是我的家，現在我卻連走動也不敢。

搬出這裡只是短短的一個月，我驚訝自己對這裡已經產生陌生的感覺，不，也許很久以前，我已經覺得這裡很陌生了。

瀰漫著奶油氣味的屋子內還播著爵士音樂，曾經，我們就喜歡躺在沙發，吃著點心聽爵士音樂，看書看雜誌度過週末。

曾經，即使這樣簡單，也覺得過得很幸福。

「下午兩點你在家嗎？我想過來收拾。」今早在電話中我對老公說。嗯，也許應該改口叫他「陳先生」，在人前要稱他為「前夫」。

不，也許應該稱他為「先夫」了。

我探頭瞄了一眼飯廳那邊，在翻倒的椅子旁，是老公倒下的屍體。他還瞪著雙眼，嘴角有白沫，雙手蜷曲在胸前，雙腿則擺出一個奇怪的姿勢，看來應該是在死前經過一番痛苦的掙扎。

飯桌上，放著一盤小蛋糕。不是一般的蛋糕，我們給它取名叫「可麗蛋糕」，一種我們認為是屬於我們的點心。

2

「老婆。」

「怎麼了？老公？」

「老婆。」

「老公？」我咧嘴笑著，因為我知道他並不是因為有甚麼事而叫我。

新婚的頭幾個月，我和老公就是會做這樣無聊的事，終日就是以「老婆」、「老公」叫著對方，像是永不會對這稱呼覺得膩。

「老婆，這是甚麼？」老公揚起我放在桌上的信紙。

「我剛才在寫信，老公你也來寫。每個月寫一點點，在結婚週年前寄回給自己，是我給自己的結婚週年禮物——這一年來幸福的點滴。」

「真服了妳，那我幸福的老婆，妳現在在做甚麼呢？」老公從後摟著我的腰。

「我在做點心。」

「做點心？不如妳學做飯還比較好吧。」老公調侃著。

我作勢要打他。「最近在雜誌上看到的，很簡單，材料只有麵粉、牛奶、雞蛋、奶油和砂糖。」

「任何點心，只要有雞蛋和奶油都好吃吧？」

「你好煩耶，不要阻著我！」我推開老公，正要打雞蛋，可是不小心，有些碎蛋殼掉進了碗中。「哎，真是的。」

「看，妳連雞蛋也打不好，讓我來幫妳吧。」說著老公已經摺起衣袖。

我照著雜誌上的食譜，唸出材料的份量和步驟，他便跟著做，有時候會過來瞄一瞄食譜。

「你這是不相信我嗎？」我抱怨著。

「哈哈，不是啦。」老公笑著吻了我一下。

在打打鬧鬧中，我們完成了夫妻倆第一次一起完成的點心，然後泡了咖啡，坐在沙發上，邊聽著音樂邊享受這些親手做的蛋糕。

「好好吃！」老公滿足得大口大口吃著。

「真是的，你根本是在稱讚自己，你不是說只要有雞蛋和奶油就會好吃嗎？」我把點心放進口中。「不過真的好好吃。」

「這點心叫甚麼？」

「雜誌叫它『可麗餅的變奏』，因為它是利用和可麗餅一樣的材料。」

「真做作。」老公把剩下的也吃個精光：「就叫它做『可麗蛋糕』吧！」

「真沒誠意的名字。」

「名字不重要。」老公摟著我的肩。「重要的是，這是『我們的可麗蛋糕』。」

3

「妳說妳今天約了死者在這裡見面，當妳來到時，死者已做好了一盤點心，並叫妳先吃。」頭有點禿的刑警看著筆記本問。

我環抱著雙臂點點頭，眼角則瞥見他們把老公的屍體用白色塑膠袋打包運走。

報警後，先來的是穿著制服的巡警和救護員，救護員很快便宣告老公已經死亡。警員看了看現場後用無線電報告，不久便有一小隊應該是刑警的人來到。有點禿頭的中年刑警向我問話，另外一名像是菜鳥的刑警在視察屋子內的一切。還有兩個人像是鑑識人員，把那吃了一半的可麗蛋糕，還有其他可麗蛋糕、叉子、在水糟的烘焙工具等，在拍完照後逐一放進證物袋。

「啊，還有那個，拜託了。」禿頭刑警指著牆邊的垃圾桶對鑑識人員說。

垃圾桶裡面還有一個可麗蛋糕。

「然後死者去了廚房倒咖啡，妳不小心把妳的蛋糕掉在地上，所以便順手丟到垃圾桶。之後死者回來，問妳是不是已經吃了，妳不想告訴他把蛋糕掉到地上，所以謊稱

已經吃了，然後他自己也吃下，沒多久就倒地了……那……還有沒有甚麼要補充的？」

我搖頭。

「在警察來之前妳有沒有碰過任何東西？」

「沒有，除了用客廳的電話報警，然後我就坐在這裡等……」我抬頭看了刑警一眼。「電視劇都說不要破壞現場。」

「嗯，的確，現在的刑事劇幫了不少忙。」禿頭刑警一邊搔了搔他稀薄的頭髮，一邊打量著我，這讓我有點不自在，因為我身上只穿著簡單的T恤和運動長褲。

「那妳知不知道死者有沒有甚麼自殺的原因，而且還……」禿頭刑警猶豫了一下。「還要和妳一起死……」

這時菜鳥刑警走過來，手中拿著一個紙袋，從袋邊露出白色的文件信封，信封上印著律師事務所的名字──負責我們離婚的律師──和地址。

「組長，在書房發現這個。」菜鳥刑警看了我一眼。「好像是離婚協議書，還有一個盒子，裡面有一枚鑽石戒指。」

「是的。」我坐直身子。「我是和丈夫在辦理離婚，我已經沒有在這裡住。今天我來，其中一個原因就是要他在上面簽名。沒想到……」

再見到那討厭的禿頭刑警，是兩天後的事，我正在阿榮的珠寶工廠看設計圖，他不想讓我一個人待在家。

「陳太太，真巧。」看來他沒有想過會在這裡碰到我。

「嗯，阿榮是我和外子的朋友，這裡是他的工作室。」

「有甚麼事？」阿榮從後面的工作室出來，邊摟著我的肩邊問，他對警方的眼神有點防備。

看到阿榮的動作，禿頭刑警的臉閃過一秒，不，半秒錯愕的表情，可是很快又回復那木無表情的臭臉。「根據驗屍結果，妳先生是氰化鉀中毒致死。我們現在從氰化鉀的來源調查，據陳先生的同事說，因為工作需要，他經常和電鍍工廠、珠寶飾物工廠有來往。這裡是其中一家。」

「是的，他的工作有時和服裝設計有關，所以生前常常向我訂製首飾作配襯。」

「你們是朋友？」禿頭刑警看了我一眼。

「嗯。最近一年比較少私底下見面，工作上的來往還是有的。」這時阿榮突然十指緊扣牽著我的手，並舉起給禿頭刑警看。「刑警先生，如果你想問我們的關係，這就是答案。她已經在辦離婚手續，自從他們分開以來，陳大哥也試過自殺，你去查一查就知道了。其實這也大大打亂了我們的生活。」

「我也知道陳先生有自殺的前科，那一次是安眠藥……那你記不記得，上一次陳先生來工廠是多久前的事？」

「大約三個星期前，他來領取做好的飾物。」阿榮指著牆上月曆的其中一天。

「這天，和他約好下午四點來拿的，他也準時來了。」

「唔……你工廠內有氰化鉀溶液嗎？」禿頭刑警視察工場周圍的環境。

「有，因為我們用它來做電鍍的作業。都是放在這邊的櫃子裡。」阿榮帶刑警到櫃前。櫃裡排著很多個裝著透明液體的小瓶子，每個小瓶子都貼著「氰化鉀—有毒」的標籤，上面還有骷髏頭的標誌。

「櫃子沒有鎖。」禿頭刑警皺一皺眉看著櫃門。「你有點算數量嗎？」

「沒有，因為只有助手可以拿到，我也沒有特別留意。」

「所以如果陳先生來的時候偷偷拿走一瓶，你也未必會知道？」

阿榮沉默了一會兒。「的確，他對這裡很熟悉，上次他來的時候，我和助手在裡面先完成手上的工作，就讓他一個人在這裡等了一下。」

阿榮說的時候不卑不亢，連禿頭刑警也沒有再用他那討厭的、把所有人當嫌犯的方式問下去。

最重要的是，阿榮一直緊緊握著我的手。

4

和阿榮認識是兩年前，在老公工作地方的週年派對上。因為工作關係，阿榮也被邀出席。當然，我沒有想過那天會遇到這樣一個讓我的生活天翻地覆的人。和過去十年一樣，那天黃昏我和老公如常準備出席派對。

「老公，我穿這個好嗎？」我裸著身子，拿起一襲黑色洋裝站在鏡子前。
「嗯。」老公專注地在戴袖鈕。
「你沒有在看。」
「因為我比較喜歡妳甚麼也不穿。」老公笑著從後摟著我，開始吻我的肩。「不如我們不去參加派對好嗎？那種派對無聊死了。」
「不要啦，一年一次，我想和你那邊的同事聯誼一下嘛。」我推開老公，開始穿起那襲洋裝。
雖說是週年派對，其實是老公工作的地方用來招呼贊助團體、客戶和合作夥伴的場合。我和老公也是因為工作關係而認識的，從前我也算是他的合作夥伴。結婚以後我當過一陣子他的秘書，現在我是自由業者，多接些翻譯的案子，其餘時間則變成老公的私人助理。也因為這個原因，我和老公的同事都很熟稔。
「喔喔！陳大哥！你終於來了，我等你好久耶！」踏進會場沒多久，一個個子嬌小的小女生便迎了上來。「啊，陳太太。」
我認得女孩是年輕人雜誌的模特兒，最近客串演出過一些舞台劇，這晚女孩穿了一襲性感的晚裝，把頭髮盤起的她，頸上沒有任何首飾，因為那誘人的鎖骨，比任何珠寶鑽石更能叫人多看幾眼。
「託陳大哥的福，我過兩天要去為電影試鏡，還有個廣告在接洽中。」
我從服務生處拿了杯夏布利喝了一口，真好的酒！心中不禁想，如果不是辦這派

對，員工會不會多分一點獎金？

「陳太太喜歡夏布利？」女孩眨著她那雙圓圓的雙眼。「R餐廳那裡也有幾款很不錯的白酒，是嗎，陳大哥？」

女孩得意地看著我，R餐廳是我和老公常去的小酒館，我當然知道女孩在暗示她和老公約會過，可是她卻沒有留意到老公的臉色很難看。「啊，老公，那不是你部門的同事嗎？我過去找她聊聊，失陪了。」

老實說，不少像她這樣的女孩想靠老公在演藝圈的人脈找機會，加上老公雖然已快五十歲，可是仍擁有年輕小子也羨慕的體型，禿頭白髮從來都不是他的煩惱，雖然臉上無可避免有些皺紋，可是這只讓他顯得更有成熟男人的魅力。所以像她這種女孩我也見怪不怪，只是她算是進取的一個。「那只是普通的應酬。」女同事在我耳畔小聲說。「是那女孩自作多情，竟然還真以為可以和陳大哥發展。」

「我就知道。喂，我餓扁了，有甚麼好吃的？」說著我拉著那位同事到自助餐桌那邊。

這是大方嗎？我不知道，那時候，我突然發現，看著老公和別的女孩走得那麼近，我一點感覺也沒有，我更關心的，是他的襯衫下襬有沒有露出來，有沒有頭皮屑掉落在肩上⋯⋯

和老公交往時，我是很敏感的，只要他和別的女孩出去，我便會坐立不安，可是又得壓抑著要打電話給他的衝動。想起那時候也覺得可笑，不過雖然折騰，可是感覺，卻很實在。

究竟從何時開始，心裡已沒有這種感覺？是年紀大了，對自己自信多了？

一定是的，這就是成熟人妻的自信。

之後從洗手間回到會場途中，我看到老公和一名男人在談話，我認得他是一名電影導演。

「不錄用她？這也太苛刻了吧。你不是說她條件不差的嗎？」聽到導演這樣說，我下意識躲在一旁。

他們在談剛才那女孩。

「她是條件不差，可是為人不行。」老公雙手環抱在胸前。「她以為自己是誰？和她吃一頓飯就以為我迷上了她，還在我老婆面前示威，希望老婆不要誤會我真的和她有一腿。你也還是小心些好，過兩天我叫另外一些新臉孔去試鏡吧。」

「那廣告那邊怎麼辦？」

「廠商那邊我說說就ＯＫ，反正他們有幾個合適的人選。我最不能接受令我老婆不高興的人。」

「你知道的吧，以你現在的份量，那她在演藝圈豈不是完蛋了？」

「跟我和老婆的感情相比，犧牲那種人的事業我根本不會覺得可惜。」

不讓他們看到，我悄悄走回會場。我心裡有點不舒服，是我毀了一個女孩的前途嗎？想著想著，我一邊無聊地翻著派給來賓的小冊子，裡面有一些女演員的大頭照。也許無聊，也許貪玩，我在那些照片上，為她們的脖子畫上項鍊。

「不錯的設計。」耳邊突然有一把聲音響起，可能我畫得太興起，完全沒有察覺有人在後面。

「哈哈，被發現了。」我笑著，趕緊把小冊子闔起。

「畫得很漂亮啊。」這時我才看清楚，原來是一個四十歲左右的男人。他皮膚黝黑，戴著一副黑色粗框眼鏡，他搶了小冊子來翻，可以看到他的手有點粗糙，應該不是整天坐在辦公室工作的人。「妳是設計師？」

「不，只是隨便畫畫而已。」

「啊，我沒有惡意。」他看到我手上的結婚戒指時急著說。也許因為場內有不少和演藝圈有關的人，他怕我以為他是那些登徒子，他從口袋掏出名片盒，把一張名片給我。

「你就是阿榮？」我知道這個名字，他就是和老公經常有來往的首飾師傅。我一直以為他是個有嚴重老花的老人家。「外子承蒙你照顧了。」

「啊，原來妳就是陳大哥的太太，我還以為妳會是更年長一點。」自我介紹後，阿榮露出難以置信的樣子。「一直以來是陳大哥照顧我才是。對了，陳大哥給我的設計，是不是都是妳畫的？」

「怎麼可能？」

「我覺得妳畫得很好……不如，妳認真畫一些首飾設計圖，我們可以看看可不可行？」阿榮開朗地笑著。

那一刻，我聽到自己的心跳。

就這樣，我和阿榮交換了聯絡方法。本來是普通不過的社交寒暄，可是我卻把那天亂畫的項鍊認真在畫紙上再畫了一幅，而那本小冊子，我把它當成寶貝一樣，小心收藏好。

兩星期後某天，我突然興起在畫圖，彷彿心有靈犀般，阿榮打電話來問我設計怎樣了。

幾天後，我帶著那幾幅圖，踏進了阿榮的工作室。那時我心裡告訴自己，單獨見面也是光明正大的，反正阿榮也知道我已婚，根本沒有甚麼事可能發生。

是的，我和阿榮之間甚麼也沒有，那時我一直告訴自己。

5

因為需要司法解剖，加上後來幾天遇上了颱風來襲，葬禮拖了近一個月才舉行。而由於老公還沒有在協議書上簽名，所以法律上我還是他的妻子，也就是未亡人。老公沒有甚麼親人，所以葬禮的事宜也是我來負責。老公生前愛熱鬧，來吊唁的都是他的朋友和工作上的夥伴。上香鞠躬後他們都只是拍拍我的肩，說得最多的是「辛苦了」。

他們大都知道我們在辦離婚的事，所以就沒有人說「節哀順變」嗎？離婚的妻子

就不能因為前夫的離去而難過嗎？我沒有哭得呼天搶地，就表示我不難過嗎？

在角落還有那個討厭的禿頭刑警，以獵鷹般的眼神盯著每一個來的人。他這樣令我有點坐立不安。領回老公的遺體時，警方都說沒有甚麼可疑，真不明白他在這裡做甚麼。

如果和阿榮碰個正著……

當然，現實比小說更巧合。你不想給警方看到他嗎？在那個念頭還沒離開腦際時，他就來了。

「阿榮。」上過香後，他走過來我跟前。我當然知道他不會在靈堂上和我這個未亡人做些甚麼，但還是輕聲提醒他。「警察來了。」

「嗯。」他輕聲應了我，然後稍微提高了點聲音：「妳也不要太難過。」

我聽見背後傳來一點點的談話聲，我猜一定是老公工作地方的女孩在竊竊私語。

喪禮也只是簡單的儀式，完結後大多數人都回去了，只剩下幾名親友——還有阿榮和那禿頭刑警——和我一起去火葬場。

整個過程，我沒有流過一滴眼淚。我知道這樣會惹來不少閒言閒語，但我真的哭不出來，反正對著這些人，即使我上演一幕呼天搶地的戲碼，他們也不會相信我。

離開時遇見另一家人，那個未亡人看來和我差不多年紀，她好像連走路的力氣也沒有，需要親友攙扶，可是她卻有氣力哭得像殺豬一樣。

是這樣嗎？所愛的人離開，就會這樣傷心的吧？很純粹的感情。可是我現在的感覺，如果可以這麼單純的痛哭，該有多好。

「我們回家吧。」阿榮想幫我拿東西，我阻止了他。

「你先回去。」我稍微瞄了一下站在遠處的禿頭刑警。「啊，不如你幫我把這些東西帶回我家，順便看看有沒有寄給我的帳單，這是鑰匙。」

離開火葬場後，雖然還是穿著一身黑色喪服，但我沒有立刻回家。我知道那個禿頭刑警現在一定是跟在我後頭，這兩天我發現了，說不定更早以前他已經開始跟著我。這也是意料中的事，對他來說，我是老公屍體的發現人，沒有比第一發現人更方便的嫌疑犯了。他這樣跟著我，是想看我有沒有在日常行為中露出破綻吧。

因為被那個禿頭刑警跟著，心裡很不舒服，我一直在大街附近兜圈，希望能擺脫他。這樣一直走在街上也不是辦法，要趁他看不到的時候找家店躲起來。走著走著，我轉到一條巷子裡，裡面傳來一陣奶油的香氣。

那彷彿能讓我心平靜下來的奶油香氣。

果然沒錯，是一間甜點店，而且整條巷子只有這店在營業，使得吊在櫥窗上那刻著「TROVARE」的小小原木招牌顯得格外孤獨。沒有閒情欣賞店家櫥窗裡陳列的甜點，我快步推開那鑲著彩繪玻璃的門。

「歡迎光……臨。」站在櫃檯後面的店長一看到我，好像立刻看出我不是來吃甜點的。

我環顧店內，店子裡左邊是個及腰那麼高的玻璃櫃檯，後面有一個小小的開放式廚房，有工作檯、烤箱和其他工具，店中央則是一張大大的原木矮桌，兩旁放著同一色系的木製長椅。如我所料，看來店裡沒有甚麼可以躲的地方。我看了看門口，如果那禿頭刑警跟著的話，應該很快便會發現這甜點店。

「你……你這裡有沒有可以給我躲一會兒的地方？」雖然我很想和店長多談幾句，可是我實在沒那個時間。

店長撥了一下他額前半掩著右臉的頭髮，用他那深邃的雙眼盯著我。我突然有點後悔躲到這裡，店長那在兩邊嘴角和下巴留著的點點鬍碴，沒有令他看起來有成熟的感覺，反而像一個故意鬧彆扭扮大人的大男孩，可是我知道那並不代表他真的如大男孩一般單純。

「妳不是逃犯吧？」是因為我看了門口一眼？還是我焦急的樣子露了底？店長輕聲問，他的聲音很有磁性，這樣輕聲說話時有點像夢囈。

「不是，只是有個麻煩的人跟著我。」

店長打開櫃檯旁邊的矮門讓我進去，再打開後面一道門。「只是放東西的儲物櫃，可能有點擠。」

已經沒時間挑剔，我躲進儲物櫃中，店長留了一道縫，就在他回到櫃檯前時，禿頭刑警就走進來了。為了不讓他看到我，我蹲了下來。

我最討厭蹲下來，特別是在狹小的地方，一蹲下，記憶中彷彿有種不舒服的感覺就會襲來。

「歡迎光臨。」我聽到店長用他開朗的笑聲說。

「警察。」聽到禿頭刑警的聲音，這個時候他應該亮出他的證件吧，電視劇都是這樣演的。「有沒有看到一個三十多、四十歲左右的女人？穿著一身黑的。」

「沒有。你也看到這裡，如果她有進來我一定會看到的。但如果只是經過就不能保證了，因為我都沒有留意。那是誰？犯人？」

「不是……還不是。」

「呵。辛苦了，反正也跟丟了，要不要喝杯咖啡？」店長你在想甚麼啊？為甚麼還留他在這裡？應該快快打發他走嘛。

「唉，你也說得對，反正也跟丟了，就喝杯咖啡吧。」

「要不要試一試我們的甜點？」伴著店長聲音的，是甚麼轉動的聲音。我猜是手動磨咖啡器的聲音。

「不用了，我不太吃甜的……咦？這個是甚麼？」禿頭刑警看到甚麼呢？

「這是可麗蛋糕，來一個吧，不會很甜，和這個咖啡很配的。」

可麗蛋糕？這裡也賣可麗蛋糕？剛才進來時，心裡只想著找地方躲，完全沒有留意到陳列櫃中的甜點。

「謝謝。啊，真的不是太甜，很香的蛋和奶油味……這個很容易做嗎？」

「嗯，你知道可麗餅吧？這個蛋糕用的是和做可麗餅一樣的麵糊，只是倒進模具中烤，而不是用平底鍋。」然後店長頓了一下，他是在微笑吧，這個店長一直掛著溫柔的笑容。「不過刑警先生應該對這些不感興趣吧？」

「沒有，只是有個案件現場，那裡也有這個甜點，不過那些是自家製的，沒有你做得漂亮。」

「其實這種點心很容易做。材料只需要麵粉、牛奶、砂糖、奶油和雞蛋。」

「嗯……」禿頭刑警沒有再說甚麼，聽來好像是在把可麗蛋糕吃完。

「看來今天也就算了，多少錢？」我聽到禿頭刑警挪動椅子站起來的聲音。

「不用了。」店長說。「算是我這個小市民的一點心意。」

「你的好意我心領，就是因為我是公僕才不能這樣……啊！」

嗯？發生甚麼事了？那好像是甚麼東西倒下的聲音。

「刑警先生，你還好吧？」店長從櫃檯後面跑出去，應該是禿頭刑警跌倒了。

「有沒有受傷？」

「沒關係，是我自己不小心絆倒。」

「來，這是你的……」聽起來店長在把甚麼東西疊好。「這些是現場的照片？」

現場的照片！原來禿頭刑警隨身帶著那些東西！看來他剛才跌倒，口袋中的照片掉了出來。

「嗯，你就當沒看過吧。」

「不過很奇怪。」店長突然冒出一句。

「怎麼了？」

「其中一張照片是廚房水槽，我看裡面都是烘焙用的工具，可是卻有個調酒用的雪克杯。」

「啊，那個嗎？那是雪克杯，可是那是透明塑膠製的，上面有計量的刻度，裡面沾著麵糊，估計是用來充當量杯。」

「原來如此……」

「好了，偵探遊戲玩完了。」

「等等，還有一點我很在意。其中一張照片是廚房的垃圾桶，裡面那些不是咖啡店給外帶用的奶精嗎？照片裡看起來有很多個耶。現場冰箱中有沒有牛奶，我指的是一般商店買的盒裝的牛奶。」

「……沒有。死者現在是一個人住，買鮮奶怕會喝不完吧，如果只是用來泡咖啡的話，這些保存期長的奶精更適合。」

店長是指小包裝那些奶精吧，的確，除了加在咖啡中以外，老公是不喝鮮奶的。

「可以讓我再看一下照片嗎？那裡有多少個奶精？現場有多少個可麗蛋糕？」

「這些可是警方的證物耶。」

「那就當是甜點師看到和甜點有關的東西想再確認一下，拜託了。」

「嗯。」看來禿頭刑警還是給店長看了。

「哇，這些可麗蛋糕上還淋了糖漿呢。」

「嗯，好像是甚麼楓樹糖漿。」

「真懂吃，楓樹糖漿的風味和一般糖漿完全不同。唔……可麗蛋糕的基本材料是麵粉、牛奶、糖和雞蛋。從照片的比例來看，那些蛋糕的大小，十二個蛋糕的麵糊需要的牛奶大約要三百五十到三百七十五毫升。」

「你竟然單看這個就猜到份量……可是這有甚麼奇怪？」

「請問垃圾桶有多少個小杯子呢？」

「二十個。」

「這個品牌的奶精我也用過，一個小杯子大約有十五毫升。」

「十五毫升……啊！」

二十個小杯子，每個十五毫升，也就是用了三百毫升的牛奶。可是店長說做那些可麗蛋糕要三百五十到三百七十五毫升的牛奶。

也就是說，家裡少了三至五個小杯裝的奶精。

6

「那裡真的非常好玩耶。」姊妹淘摟著她女兒。「你們兩個一定要去一次。」

「經妳這麼一說，我現在就想去了。」老公放下咖啡和汽水。「真的謝謝妳還給我們帶禮物耶。」

我的姊妹淘剛和七歲的女兒琳琳出國旅行回來，這天特地帶禮物來給我們。

「謝謝叔叔。」小女孩禮貌地對老公說，說時馬尾輕輕地搖晃。

「琳琳乖。」老公笑著摸摸琳琳的頭。「琳琳旅行去了哪裡？」

「爸爸和我坐了雲霄飛車！我剛好夠高！」

我和老公都不約而同看了姊妹淘一眼。

「啊，琳琳要不要去那邊玩？」老公識趣地帶琳琳去了客廳另一邊。

「喂，妳和他去的嗎？」我小聲問姊妹淘。「他」是指琳琳的爸爸，也是姊妹淘的前夫，他們去年已經離婚。

「當然囉，家族旅行嘛。」姊妹淘一臉理所當然。

「可是妳和……」

她好像預料我會問一般。「畢竟他是琳琳的父親嘛，我們是和平分手的，雖然我們無法在一起，但是我們都愛琳琳。我們同意要把對琳琳的影響減到最低，所以我們也經常一起出來，只是沒有同住而已。」

聽起來還真理想哩。

「很奇怪嗎？」姊妹淘微笑著望向琳琳的方向。「開始時我也覺得怪怪的，畢竟那是經過深思熟慮，確定已經不愛那個人、不能一起生活才離婚的。可是因為琳琳，我和那個人的關係永遠不會斷。即使我們之間沒有愛，也不一起生活，我們還有這一生的羈絆，他已經是我的親人了。」

「媽咪！阿姨也在圖書上畫畫耶！」琳琳突然走到我們跟前，舉起一本翻開了的

小冊子。

那是我一年多前在宴會小冊子的照片上的亂畫，也是這幅畫，讓我和阿榮相遇了。

「琳琳！妳怎麼可以亂翻阿姨的東西？」姊妹淘一臉不好意思，琳琳則撇著嘴，快要哭出來了。

「不，是我叫琳琳在那裡找紙、筆畫畫的。」老公過來為琳琳解圍，這時他看到那幅圖。我不記得有給老公看過，那天和阿榮認識的事，也只是輕輕對他提過。所以現在看到這幅我珍而重之收起的「紀念品」，不知他心裡會怎樣想。

這時電話響起，剛好打破了沉默，而打來的人，不是別人，正是阿榮。這一年多來，我認真上了一些設計課程，阿榮也介紹一些客戶給我，漸漸建立了一種合作關係。

「嗯，有朋友過來了，所以可能要晚一點才能過去把設計圖交給你……啊，你不用在工作室等我，嗯，好的。」我邊說邊看著老公。

我和老公沒有小孩，如果沒有愛，我們之間還剩下甚麼？

「是阿榮嗎？」掛斷後老公問。

「嗯，他問我設計圖的事，我說要晚點才能過去，但又不想他特意留在工作室等我。」

「今晚一起吃晚飯吧。」老公對姊妹淘說。「難得琳琳來……吃完飯我載妳去阿榮家吧。」

「不用啦，那些圖不起的。我明早去他工作室就好。」我抱著姊妹淘。「你也說，難得她們來嘛。」

「喂，好啦好啦，幾歲人了，好噁心。」她作勢推開我，我就故意抱得更緊。旁人看來，會以為我和老朋友像是回到少女時代般打鬧，可是我知道，我這些誇張的行徑，只是在掩飾。

剛才阿榮掛電話前給了我一個吻，我在掩飾那打從心底湧上來的甜蜜感覺。

「那種人，還是不要和她走得那麼近。」吃完飯送完姊妹淘和琳琳回去後，在車上老公突然說。

「咦？」

「妳那個姊妹淘，簡直是不知所謂。」老公握著駕駛盤，雙眼盯著前方。「說甚麼離了婚還是家人甚麼的。」

「可是他們還有琳琳嘛，那關係不能說斷就斷。」

「那就不要離婚，當初不是發了誓要生死相隨的嗎？」

看到我沒有說話，老公稍稍轉過頭來看了我一眼。「怎麼了？」

「沒有，只是我以為你看慣演藝圈中人的離離合合。」我和老公很少談起這方面的事，所以我沒想到他竟然會有這樣的想法。

「我才不是那種人。」他笑著握著我的手，只用一隻手握著駕駛盤。「由我決定向妳求婚的那一刻開始，我就已經發了誓要永遠和妳在一起。」

我別過臉。

「老婆，怎麼了？以為我們老夫老妻，我不會說浪漫話？」老公自鳴得意地笑。

可是，他不知道，那是心虛，我怕他看不到我感動的眼神。因為，我心裡希望對我說這些話的，是阿榮。

7

「真是天網恢恢呢。」禿頭刑警翻著我之前那份供詞的筆錄。「幸好我知道那個蛋糕是怎麼做的，才會發現妳的詭計。」

你才不知道。這是TROVARE店長發現的，他還以為我不知道，還在這大吹大擂。我想著，臉上不禁露出一個輕蔑的笑容。

本來因為老公有服安眠藥自殺的前科，警方傾向是認為他再次自殺並要把我一起殺死，卻因為我把蛋糕丟棄而逃過一劫。可是因為店長的推理，發現當時家裡少了應有的奶精小杯子，警方現已把老公的死列為謀殺案來調查，所以我被請去再做一份筆錄。

「本來警方已準備當成自殺結案，但現在給我們發現，現場少了幾個奶精。有趣的是，妳先生家裡那些奶精，是一盒一百個家庭裝。他家裡的冰箱中就放著那整個盒子，裡面剛好剩下八十個。妳知道這代表甚麼嗎？一盒一百個，冰箱剩下八十個，垃圾桶內有二十個，而要做那些份量的可麗蛋糕，現場少了三至五個奶精杯。」

「你是想說，那三至五個少了的奶精，是外來的東西，並不是在那盒裡的。」
「對，所以這也排除了狂徒在商品下毒隨機殺人的可能性，還有，陳先生自殺的可能也排除了，因為他不可能中毒身亡後再丟棄那些牛奶杯子。」
所以他是完全不相信我的供詞了。
「也不知是我們好運還是妳不好運，因為最初我們在現場找不到盛毒的瓶子，怕死者先行丟棄，裡面還有殘餘的氰化鉀誤傷無辜，所以我們封鎖了大樓，所有垃圾也帶回來登記化驗。妳知道嗎？就是我做為刑警的直覺，我下令要暫時保存那些證物，現在我們會重新審視那些紀錄，如果發現有有毒的奶精杯，妳可要求神拜佛上面最好沒有妳的指紋。所以，如果妳要坦白的話，現在可是最後機會。」
「不會找到那種東西的。」
「案發時妳已經不在原址居住了。」沒有理會我說的，禿頭刑警翻著我之前那份供詞的筆錄。「但案發前一天妳有和死者見過面。」
「嗯，那天我們約了在家樓下附近見面，我只是要把離婚協議書和結婚戒指交給他，並約定第二天上去的時間。」
「我們查了陳先生住的那棟大樓在大堂裡的監視器。妳說在他死前一天約了他三點在他家樓下附近見面，他的確在兩點五十五分離開大樓，然後在三點十五分，提著一個小紙袋回家，也就是裝有離婚協議書和結婚戒指的紙袋，之後他便沒有再離開過。而妳是第二天下午兩點左右到大樓，警方接到報案是兩點十五分，最快先到達的巡警是兩

點二十二分到達，在這段時間，不論是地下大堂的、還是在每一層的監視器，也證明妳沒有離開過。」

「那就最好，都說我沒有說謊。」

「為甚麼要約第二天才上去？」禿頭刑警用他自以為很犀利的目光看著我。「既然已經在樓下了。」

「因為我本來之後約了人，搬著東西不方便。」

「本來？」

我嘆氣，反正他遲早也會查到，倒不如現在就告訴他。「我本來約了阿榮，可是他臨時不舒服，所以約會取消了。」

「第二天妳依約定的時間上去，根據現場紀錄，妳除了公寓的鑰匙外甚麼也沒有拿上去。」

「是的。因為是要搬走我在公寓裡的東西，所以那天開了車停在樓下，當時包包在車上，鑰匙是準備離開時還給他的。因為要準備搬東西，所以我那天穿了輕便的裝扮，T恤和運動褲都沒有口袋。」這是我故意說的，我根本沒可能趁警察來前，把毒藏在身上或是丟棄。

「我們那天替妳做了簡單的筆錄，之後妳去了哪裡？」

我明白他這樣問的意思。雖然表面看來我不可能把摻了氰化物的奶精帶進公寓和帶走，但他們並沒有排除我有能力奇蹟地把奶精藏起來，在警方面前演完目擊者的戲碼後，帶著奶精離開，再在哪裡把那些有毒的小杯丟棄。警方是想調查我那天的路線，希望可以找到那些小杯。

「我……去了阿榮家。」沒有多說明，難道我要對這個禿頭刑警說，那時我需要一個懷抱嗎？

「那個禿頭刑警也去找你了？」我蜷縮在沙發上，用羊毛氈包裹身體。

「嗯。問了我陳大哥死那天和前一天的行蹤。」阿榮把我的熱可可放在沙發前的咖啡桌上，然後捧著他的咖啡坐到沙發。「我就說了，那天妳被問話之後就上來了。」

「他們有帶走甚麼嗎？」

「垃圾桶。」阿榮苦笑。

「他們懷疑我在奶精杯中下毒。」我轉過身，把腳擱在他大腿上。「你認為我會下毒嗎？」

「說甚麼傻話？」阿榮看著我，輕輕掃著我的腿。「不過……如果不是陳大哥死了，我們現在可以這樣子嗎？」

「你想說甚麼？」

「對了，那天為甚麼妳約了陳大哥？為甚麼之前都不告訴我？我可以陪妳嘛。」

「啊，只是把離婚協議書交給他而已，順便約定第二天上去搬東西。」

「只有那個而已？」

「嗯。」我看著阿榮，他在吃醋嗎？「好啦，還有把結婚戒指還給他。」

「哦。」

我們沒有再說話，和阿榮在一起這麼久，從來沒有這樣無言的時刻。雖然老公死了，但他好像還在我們中間。

8

「回去了？」側躺在床上的阿榮，用懶洋洋的聲音問。

「嗯，九點了，老同學見面不可能太晚，畢竟是四十歲主婦們的聚會。」我邊說邊穿回衣服。

「如果妳可以明早才走，該有多好。」

「總有機會的。」

「下次妳可以先脫下戒指嗎？」阿榮展示他背部的刮痕。「會痛耶。」

「不要。」我親吻著那刮痕。「我怕忘了戴回。」

和阿榮的關係，已經維持了差不多兩年。當然沒有任何人知道我們在設計師和首飾工匠以外的關係，包括老公。我仍然是他的私人助理，他也很高興我在中年能找到新的嗜好並發展成事業。

我從沒想過自己會有外遇。原來，和所有戀愛一樣，外遇也是一場戀愛，也是由心動開始的。原來，一不小心，就會掉下去了。阿榮也曾有段失敗的婚姻，所以他也不急著要結婚。已經是這個年紀了，各有各的生活，又不是高中生談戀愛，要整天膩在一起。

「他在這裡喇。」阿榮嘆著氣撫弄著我的結婚戒指。

「但你在這裡。」我把他的手按在胸口。

阿榮得到了我的愛，也得到我的身體。我能給老公的，也許就只剩下無名指上那小小的位置。

這時電話響起，我拿起來遞給阿榮。

「喂？陳大哥？」阿榮看了我一眼。

老公？他打電話來做甚麼？這個時間，不會是和工作有關，即使是工作的事，沒有不能等到明天打到工作室的吧。

「沒有，在看書看到睡著，你就打來了。甚麼？你一個人悶在家？老婆撇下你去參加老同學聚會？你肯定她不是去和年輕男孩約會了？」

我瞪著他，本來想踢他一下，但反而給他捉著我的腿。我失去平衡倒在床上，幸好沒有喊出聲。「哈哈，你可真有信心。我不出去了，年紀大了，要早睡。甚麼？明天吃晚飯？好，七點，R餐廳。你老婆也來嗎？好好。掰。」

「真是的，約別人吃飯也沒問就說我會去。」

「那妳會不去嗎？和我吃飯耶。」阿榮說著吻著我的腿。

他的手，跟著他的吻順著我的腿向上移，身上剛穿好的衣服，又被褪了下來……

R餐廳是我和老公都很喜歡去的西式小酒館。它不是很大，由身為廚師的兩兄弟經營，他們的妻子則負責招呼客人。我和阿榮最先到，在等老公期間，我已經喝了兩杯夏布利。

「陳大哥……好慢啊。」阿榮看著我，有點尷尬地笑著。

這兩年來，我們當然有在外面約會，但都是扮成一般朋友吃飯聚會，偶爾趁老公出差，我們也會去一、兩天的短途旅行，那時才敢像情侶一樣親暱。

在R餐廳這樣熟悉的地方，我們當然要保持距離。

如果可以堂堂正正在這裡約會，該有多好。

「陳太太。」餐廳其中一名廚師太太走過來。「陳先生剛剛打電話來，說他工作臨時有事走不開，叫你們不要等他。」

「好的，謝謝妳。」我用「陳太太」的語氣說。「那……就要一個奶油燉飯，和一個紅酒牛尾。阿榮，那些是這裡最有名的。」

「好啊，那就讓『陳太太』拿主意囉。」阿榮向我打了個眼色。

吃飯的中途，阿榮突然望向餐桌下面。「啊，我好像掉了東西。可以麻煩妳幫我撿一下嗎？好像掉到妳那邊了。」

「有嗎，是甚麼來的？」我伸手到檯底摸索，希望可以不用探頭到檯底也可以找到。

咦？這個觸感……

「喂，不要這樣！會給人看到。」我輕聲叫阿榮。他在檯底捉著我的手，原來甚麼掉了東西都是假的。我快速環顧四周，幸好兩位太太都在忙著招呼其他客人。

「放手啦！」我開始急了，但又不能大聲，想甩掉他的手，他卻捉得更緊。

「不要。」阿榮看著我，那是很認真很堅定的眼神。「我不要放手。」

難道我會想放手嗎？難道我只想在檯底牽手嗎？

「好啦。」阿榮嘆氣，終於鬆開檯底的手。「我想告訴妳，我……可能會去國外。」

國外？

「我從前有個工作夥伴，十多年前去了國外搞了個首飾工作室，呃，就像我那個，他在那邊的工作愈做愈大，問我有沒有興趣過去再合作打天下。」

我以為，在我們這個年紀和身分，維持著這樣的關係，是最好不過的。我們沒有一起生活，但我們可以這樣永遠戀愛著……真正的直到死亡把我們分開。

原來在死亡之前，我們還是會分開。

「我，我在想……」阿榮有點口齒不清，看來是因為緊張的緣故。

他是要說分手吧，其實我應該早料到有這一天。

「我想……妳要不要和我一起過去那邊？」

9

為甚麼？每一次我以為捉緊了幸福的時候，它總是會在指間悄悄溜走。

第二天一早，我和阿榮一起離開他的公寓時，那個禿頭刑警和跟著他的菜鳥在樓下。這次不是偷偷跟著我，因為看起來他們也像是剛到。

「對不起，可以麻煩你跟我們到局裡一趟嗎？有點事想釐清一下。」菜鳥刑警說著，指了一下停在路邊的車子。

可是他這番話不是對著我說的。菜鳥刑警走上前來，站到阿榮的身旁，像是怕他會走掉似的。

「喂！你們在做甚麼？找不到誣陷我殺人的證據，現在就來找阿榮的麻煩？」

「陳太太，妳冷靜點。」禿頭刑警說著轉向菜鳥刑警。「不如這樣吧，你們先回局裡。陳太太，我們去哪裡談談吧。」

我們到了阿榮家附近的咖啡店，禿頭刑警像是吸毒般喝了一大口咖啡。

「如妳所說，我們始終找不到那幾個有毒的奶精杯。不過……」

「不過甚麼？」我的語氣很不客氣，我現在真的比自己被懷疑時還要氣憤。沒想到他們竟然懷疑阿榮。

「老實說，妳那個阿榮現在的嫌疑很大，因為他有很多事都不清不白。妳說過，在陳先生死亡的前一天，他本來約了妳吃下午茶，可是臨時不舒服取消，下午三點半回到家，到第二天妳上去找他前，他也沒離開過。」

「那有甚麼不清白的？」我開始有點生氣。

「可是三點前，我們不能證明他去了哪裡？他說在咖啡店等妳時吃了點東西，懷疑就是咖啡店的食物不乾淨，導致他不舒服。」

「那又怎樣？」

「問題是，他忘了咖啡店的位置，也忘了店的名字。我們根本無從去證明。」

「證明甚麼？前一天的行蹤？你們懷疑他進去我前夫家偷偷下毒嗎？大樓不是有監視的嗎？他有沒有去過你們怎會不知道？」

「陳太太妳冷靜點，我只是有點在意，為甚麼他約了妳吃下午茶，之前還會在咖啡店吃東西？而且他還忘記那家店在哪裡，現階段我們不是懷疑他，只是還沒有解開下毒的手法和事後怎樣丟棄有毒的小杯，我們只能懷疑所有有動機殺陳先生的人。只是……」

「只是甚麼？」

「在陳先生死亡前，他的確是沒有到過陳家，可是之後他有去。」

「是的，就是葬禮後，我拜託他把一些東西帶上去。」

「是帶到公寓裡沒錯吧？」禿頭刑警再確認一次。

我點點頭。「沒錯，一些葬禮的東西，我不想帶回阿榮的家。」

「其實呢，我們看過大樓的監視錄影，那天阿榮離開公寓時，被電梯裡的監視器拍到，他把甚麼放進包包中。」

「是鑰匙吧。」我沒好氣地說。

「才不是，錄像中看到鑰匙一直在他手中。」

所以他們要阿榮到局裡一趟，就是要他去解釋究竟從公寓帶走了甚麼吧。

「陳太太。」禿頭刑警突然用很關切的口吻。「我們知道，妳那天進入和離開大樓時，身上不可能帶任何東西。」

他究竟想說甚麼？

「可是阿榮明顯是帶了甚麼離開現場，問題是，在陳先生死前他都沒有進入過大樓，所以雖然他也有殺陳先生的動機，但他沒有機會下毒。可是……」禿頭刑警把身體向前傾，稍微俯在桌上。「如果是共犯呢？」

啊！我明白了，警方現在是懷疑我和阿榮合謀。

「雖然警方已經徹底搜過公寓，可是整棟大樓那麼大，難保沒有藏那摻有毒奶精的地方。有人事先把毒奶精帶進公寓，毒死陳先生後把兇器藏起來，待警方完成搜證，現場解除封鎖後，再讓共犯去把兇器帶走。」

「這是無稽之談。」

「陳太太。」禿頭刑警把身再傾前一點。「如果妳有甚麼苦衷，例如妳是被逼參與的話，只要妳肯坦白，我可以替妳向法官求情。妳只是被情人擺布的悲劇女主角，只要告訴我們你們犯案的手法……」

好詐！這不是「囚犯的兩難」嗎？把兩個囚犯分別問話，如果大家都不招，因為證據不足兩人也會沒事，兩人都招的話，兩人都被入罪要坐牢兩年，可是如果一個招了而另一人不招的話，招供的只判一年，不招的反而會被判四年。在這情況下，最合理的行動，是大家都不招。可是囚犯不知道另一人會不會出賣自己，因為怕對方招供令自己的罪更重，最後兩個人都乖乖招供。

這個禿頭刑警，擺明就是在用這招。我想現在那個菜鳥刑警也在警局裡對阿榮說著同樣的話。

「我沒有甚麼可以說的。」我直盯著禿頭刑警，我要他知道我看穿了他的伎倆。「阿榮那邊也不會說甚麼，因為根本沒有甚麼合謀殺人。」

嘴上雖然這樣說，可是我心裡是有點在意，究竟阿榮帶了甚麼離開？

10

「妳說甚麼？」老公的臉僵住，這十年來，無論工作上遇到多大的難題，他也能從容面對，至少看起來是。但現在，他連裝輕鬆也忘記了。

「我們……離婚吧。」我端正坐在沙發上。「對不起。」

因為阿榮要去外國，所以走到不得不作出選擇的地步，我毫不猶豫選擇了愛情。

當然，以老公的性格，他是不會老套得像電視劇般問「為甚麼」的，我們看著彼此，那是我們之間最長的一分鐘，在我眼中，老公也許已經看出了答案。

「我不要。」沒想到老公斬釘截鐵地說，然後站起來走進房間關起門。

甚麼？我以為，以我們之間的瞭解，他一定知道，我會說出口，表示已經到了不可挽回的地步了。難道他看不出，我看著他的時候，眼裡已經不是情人之間的愛？

「老公。」我在門外輕聲叫著。即使這樣叫他，也已經完全沒有新婚時，每一次這樣叫他那種心跳的感覺。

「我不要聽。」老公的聲音從門後下方傳來，他現在一定是靠著房門坐在地上。

「我們……先冷靜一下。妳想去外面走走、或是回老家，隨便妳，但是，我是不會離婚的。」

「你不要這樣……」我蹲下來，手輕輕地拍著門。

「妳是我妻子，永遠都是。」

為甚麼會這樣？這完全不是我認識的老公，他不是很瀟灑的嗎？難道是我瞭解得還不夠？曾經，即使隔著一道門，我們彼此的心，是多麼地近，可是現在，只是隔著一道門，我們的想法，卻是相差十萬八千里。

「我不會離婚的……我不會離婚的……」他還是在關上的房門後喃喃說著。

我收拾了幾件衣服和一些個人物品，離開生活了十年的公寓，會合了在樓下等著的阿榮。

「陳大哥……他甚麼反應。」阿榮接過我的手提袋。

「當然是無法接受。」對老公來說，這真是被殺個措手不及。他哪會想到，十多年來一直是他最佳伴侶的女人，會這樣毫無預警地離他而去？幸好我沒讓阿榮和我一起去向老公坦白，我以為老公是一個很理性的人，可是看他剛才的態度，如果他知道是他老婆戀上了他的朋友……

「阿榮……是你？」老公一臉蒼白地突然出現在我背後。「是你！」我沒有想到他會跟著我下樓。

他越過我衝向阿榮，我們都來不及說話，他已經一拳揮向阿榮。

「為甚麼？阿榮！是你！竟然是你！」老公繼續向阿榮揮拳，阿榮甚麼也沒說，只是用雙臂護著頭部。

「阿榮你知不知道你在做甚麼？你知不知道她是誰啊？」也許明白打不到阿榮的臉，老公把他推倒在地上。

「她是我老婆啊！」老公已經失去了理性，在阿榮想撐起身子的瞬間，他一腳踩在他的手掌上。

「啊！」阿榮痛苦地喊，可是老公再在他手上多踩了兩下。

「阿榮！」我跑過去推開了老公，他失去平衡跌在地上。

我扶好阿榮坐在地上，小心翼翼捧著他受傷的手。天啊！工匠的手是他的一切。為甚麼他不還手？他覺得自己理虧嗎？愛情哪有誰理虧的？愛情裡沒有道理，只有愛與不愛。

「是嗎？妳那麼愛他嗎？他這雙手真的能那麼給妳樂子嗎？」老公爬起來，他隨手抓起路邊垃圾堆中的一根木棍，正舉起來想砸下去。

「不要！」我緊緊抱著阿榮。完了，我以為木棍會狠狠敲到我的後腦。如果我就這樣死了的話，那在我生命的最後一秒鐘，我最愛的人就是阿榮，愛他到死那一刻，那是我從沒想過的。我是白痴嗎？在這危險的關頭，還會想這樣的事？

可是過了十秒，甚麼事情也沒有發生，我仍是活生生地抱著阿榮。我鬆開手回頭看，老公舉著木棍站在那裡，他瞪著雙眼，雙唇緊緊抿著，頸上的青筋暴現，看起來還是餘怒未消。可是他握著木棍的手在抖。我們就這樣僵持了十秒，然後老公丟下木棍，轉身走回公寓。我看著老公離去的背影，腦裡仍是剛才的情景。

老公想毀了阿榮。

在阿榮跌倒、老公提起腳的時候，他的動作有很短暫的停頓，我看得出，他是在猶豫，因為他知道不能傷阿榮的手。

可是他還是踩了下去，他是故意要傷阿榮的手的。

那個不是我的老公。

那個不是和我一起十多年的老公了。究竟是何時開始，他竟然變成這樣？

「喂！阿榮！你在做甚麼？現在方便談嗎？」那天晚上打來的是國際電話，是阿榮將會合作的夥伴，聽聲音像是一個很開朗的人。

「有甚麼事？」阿榮開了電話的免持功能，一邊煮義大利麵的醬汁，因為他的另一隻手受傷還包紮著，我則在旁邊做沙拉。

「你和陳大哥是不是發生了甚麼？」電話另一端的聲音聽來有點不安。「我這邊的一些老主顧知道我會和你合作，便告訴我他們聽到一些有關你的謠言，說你的信用和作品的原創性有問題之類。我當然沒有相信啦，追問下去那些謠言原來是從陳大哥那邊傳出的……」

老公？他為甚麼會認識國外的客戶？

「對不起，給你添麻煩了……」阿榮緊緊握著我在抖的手。「其實……」阿榮告訴對方和我的事。

「啊，原來是這樣啊！哈哈，真是的……你不要擔心，這種事在這邊很平常嘛，客戶他們都不會當一回事，我在這邊會幫你說一下，有我人格擔保，客戶會很放心，你過來這邊後用你的實力去讓他們驚艷吧！」

「妳也聽到了，不是沒事了嗎？」掛斷後阿榮摟著我，他一定是看到我心不在焉的樣子。

「不，不會就此沒事的……」

「他在這裡能做的，也只不過是散播謠言罷了，謠言止於智者妳沒聽過嗎？」

「可是……」明顯老公在國外也有影響力，如果他能這樣對國外的客戶中傷阿榮，說不定他還有其他辦法傷害他。

「跟我和老婆的感情相比，犧牲那種人的事業我根本不會覺得可惜。」老公曾經這樣說過。對一個嘗試離間他和老婆之間的感情的小女生也可以如此，可以想像，老公會怎樣對付阿榮。

「沒事的，去到國外，我們就會開始新生活。」阿榮緊緊摟著我，像是要給我肯定。

真的嗎？離開這裡，真的一切可以從頭開始？

11

阿榮一整夜都沒回來，他不可能是殺老公的兇手，為甚麼他和警方耗了這麼久？他究竟從我和老公的家裡拿了甚麼，讓警方有把柄咬著他不放？想著這些，我整晚都睡不著，好不容易等到一大清早，我晃著晃著，竟然來到大街附近，當我發現時，非常驚訝自己竟然走了這麼遠。

平日熱鬧的大街，清晨卻和其他街道一樣寧靜，只有零星經過的上班族和清潔工人。空氣中沒有了那食物菸酒的味道，我這才發現，這些年來，雖然住在附近，我卻很少這個時候在這裡這樣走著。當我漫無目的走著時，忽然又聞到那奶油的氣味，TROVARE這麼早就開始營業了嗎？我失笑，trovare在義大利文是「找到」的意思，我也不知道，是我找到了店長，還是店長找到了我。

「妳好。」圍著黑色圍裙的店長還是一臉親切。

我看到陳列櫃裡的都是可麗蛋糕，不過是不同顏色的，有些上面撒了抹茶粉，應該是不同的味道吧。「早安。這麼早開店你都不會累啊？」

「客人的笑臉就是我的力量。」

「那……就來一些可麗蛋糕當早點吧。」雖然一大早吃甜的好像怪怪的。「原味的好了，啊，還有咖啡。」

店長打開陳列櫃，把幾個原味的可麗蛋糕排好在一個小小的水滴形狀的盤子上。他的動作還是一樣纖細，輕柔地用兩個指頭捏起點心，好像把甜點當成情人的手來牽著一樣。

「店長……你，戀愛過嗎？」

「戀愛？對我來說，是太遙遠的事了。」店長放下可麗蛋糕和咖啡。

我咬下半個可麗蛋糕，外面因為焦糖而烤成薄薄的硬殼，外殼的脆度剛剛好，裡面則很鬆軟，這種點心，只要吃了第一個，就停不下來。明知是很簡單的材料，可是就是好好吃。

「真好吃，比老公做的好吃多了。」我忍不住流下淚。「嫁給他時，我以為我是最幸福的，因為我終於能和我最愛的人結婚。那時，我真的很愛很愛他。為甚麼？曾經發誓要廝守一生的兩人，為甚麼會走到這一步？就像鎢絲燒斷了的燈泡，咻——就不亮了。愛情，也消失了。」

「愛情沒有消失，只是不停地轉化。」店長在櫃檯後面的小廚房裡打著雞蛋。

「同樣的材料，換了不同的做法，烤出來就是不一樣的東西了。有人覺得還是能吃，可是有人認為那不再是一樣的東西了。所謂天長地久，不就是兩個人都沒有發現是不一樣，要不就是一起都愛吃這不再一樣的甜點。」

我吃著盤子裡最後一個可麗蛋糕，思考著店長的話。老公從來沒有發現是不一樣，把點心變成不一樣的，從頭到尾，都只是我一人。

這時有人推開店門，是那個禿頭刑警。

「刑警先生，你又來了。」店長對他打招呼。「咖啡？」

「是的，我又來了，不過這次不是工作……啊，陳太太也在？真巧。」

我不情願地向他點點頭。

「只是不知不覺又走來這裡了，剛巧只有你這家在營業。陳太太，妳還不回去？妳那個阿榮剛回家了。」

「警方讓他回家了？那就是解決了？」

「嗯，他在陳先生死前一天的不在場證明證實了。」禿頭刑警看了看把咖啡放下的店長。「謝謝。而且他也說了那天到妳家拿走了甚麼……」

「他拿了甚麼？」我一問便覺得也是白問，警方當然不會說。

「是這個。」禿頭刑警從口袋裡拿出一張摺起了的紙放在桌上。「不過這是影本。」

「你竟然會給我看物證？」

「這原本就是給妳的。妳如果很想知道，可以現在先看，要不妳回去問妳那個阿榮。」

給我的？

我打開那張紙，是老公寫給我的信。

「郵戳日期是他死前兩天，可是因為後來颱風吹襲的關係，信件比平日延誤了幾天才寄到，那時現場已經解除封鎖，所以沒有人發現，直到那天阿榮上去，在信箱看到的。他一直把它帶在身上，看來是不想給妳看到。」

阿榮在我家信箱看到的？這表示……

「嗯，是的，這是陳先生寄回家給『未來的妳』的信。」

12

「真的沒問題嗎？要不要我陪妳？」阿榮的樣子看來有點擔憂。

「沒問題啦，我倒是怕他見到你又會有衝突。」我給阿榮定心丸。「我拿完會直接回去，晚點見囉！對了，這個你幫我寄出去。」我把一封信交給阿榮。

「這是甚麼？」阿榮看了看信封。「是寄回我家的？」

「是寄給未來的我們的信。」我挽著阿榮的手臂。「當我們回來，這封信就會在家中的信箱等著我們。」

「好，那我們回來後一起讀。」阿榮親了我的嘴。「那今晚見。」

向老公提出離婚後，我只是匆匆收拾了點日常的東西便搬了出去。因為我沒想到老公的反應是如此的大。和阿榮商量過後，我們決定先出國走走，一來為將來移居的事作準備，二來可以讓老公冷靜一下。

可是當準備出發前，我才發現忘了最重要的東西在家——護照。

為了拿回護照，我硬著頭皮打電話給老公。「我要回來拿些東西。只是想告訴你一聲，大約四點左右，你不在家也沒關係。」

「妳喜歡何時回來也可以啊，這是妳的家。」

一進門，出乎我意料之外，家裡非常整潔，以前都是我負責打掃，我還以為，我離開後家裡會凌亂不堪。看來我的擔心是多餘的，老公沒有我也生活得好好。

那一刻，我有點放心了。沒有我，老公還是能過得很好。

我正走向臥房想要拿放在裡面的護照時……

睡床上躺著一個人。

老公不是要上班的嗎？為甚麼這個時間還在睡？

我走近床邊，想叫醒老公的時候，我呆住了。

老公側躺著，可是我差點認不出來，他身上穿著已經不知多久沒洗的睡衣，頭髮也很久沒有修剪，鬍子也沒有剃——這是我認識他以來都不曾發生過的。原來我對老公的影響，不是在這個家，而是在他身上。

可是這都不是讓我嚇呆的原因，而是老公一臉蒼白。他看到我，無力地舉起一隻手。「老……婆……」

我留意到床頭櫃上那個空空的藥瓶，那是安眠藥。

「老公！你做了甚麼？你吃下了整瓶安眠藥？」

「老婆……不要離開我，如果妳真的要離婚，我寧願死……」說完便昏了過去。

我立刻報警叫救護車，正要告訴對方這裡的地址時，我呆了。

「喂？喂？妳還在嗎？」報案中心的接線生問。

「啊，在，對不起。」我回過神來，趕緊把地址報上。掛了電話後，我走到沙發旁，那裡有我們以前常用的毛毯。剛才讓我發呆的，是我看到毛毯蓋著一些書籍，因為一角露了出來，我看到上面印著一個城市的名字──那是我和阿榮將要移居的地方。

「老婆……？」老公在醫院醒來時，看到我坐在床邊的沙發上，他微笑著。「妳一直在這裡？」

「醫生說幸好發現得早，而且你沒有服下致命的份量，洗了胃已經沒事了，不過現在你的喉嚨可能會有點不舒服……」我冷冷地說著。

「老婆，我……」

「是你嗎？在國外散播誣陷阿榮的謠言的人。」

老公沒有作聲。

「為甚麼你要這樣做？你傷了他的手還不夠？還要損害他的聲譽？」

「我……我只是不希望他把妳帶走……」老公伸出手想要拉著我，他的眼神……看起來好悲傷。

「所以你要裝死嗎？」

「妳說甚麼？我……我可是真的……」

「如果你真的有心去尋死，就不會挑我回來的時間，醫生也說你服的不是致命的份量。你竟然連這也計算好了。」

「即使那是計算又怎樣？手段不重要，我只要結果——只要妳能回到我的身邊。難道無論我做甚麼，妳真的都狠心要走？連我要死了，也不能讓妳留下嗎？」

我跪在床邊。「即使我留下，但你很清楚我的心不在你這裡，你能忍受嗎？」

「行。只要妳留在我身邊，其他的我不介意。」沒想到他斬釘截鐵地說。「相信我，我真的不能沒有妳。我要怎樣做才能使妳留在我身邊？」

我沒有回答，現在即使我說甚麼、做甚麼，也不能改變事實。

「老婆……」老公好像還想說甚麼，可是他沉默了。我順著他的視線，原來他在看我的手。

我的目光落在左手那空空的無名指，我已經把結婚戒指摘下，因為已有一段時間，剛把戒指除下時的痕跡也不見了。我們沒有小孩，沒有血脈的羈絆。沒有了愛，沒有了肉體的關係，甚至連無名指上的位置也消失了，我們之間就甚麼也不剩。

「妳連戒指也脫下了……」

正要離去時，老公叫住我。我回過頭來時，看到他遞起左手，在他無名指上的戒指，和十多年前一樣光亮。「這枚戒指一戴上了，我就不打算會摘下來。」

看到老公說話時的表情，那種和他剛才的深情不搭調的堅定，使我頓時感到一股寒意在背脊向上竄。

因為老公的「自殺」，我當然拿不到護照，而且和阿榮不得已把行程延期。我說服了阿榮，讓我回家拿護照時順道給老公拿些衣服和日用品。可是當我們打開衣櫥裡的抽屜時，卻看到意想不到的東西。

那是一盒還沒包好的包裹，裡面滿滿的都是刀片。上面有張字條，寫著阿榮工作室的地址。

「他瘋了。」阿榮說。

是的，我也看到，老公一步一步邁入瘋狂，漸漸變成一個我不認識的人。

阿榮突然從後抱著我。「把東西送到醫院後，我們離開這裡，愈快愈好。」他說。

看著阿榮，握著他那為我而受傷的手，我的心好痛。

因為我臨時要回去拿護照，老公想到用自殺來把我留下。我不敢想像，如果他不是這樣改變了計畫的話，老公是打算怎樣用那盒刀片對付阿榮。

我覺得自己像是被眼前這些刀片在心上不斷地割，不斷地割……

「他在裡面，有一些工作在趕。」阿榮的助手給了我一個不大友善的目光。「要在出國前完成。」

那天吃過午飯後我到了阿榮的工作室，我知道阿榮沒有向助手說太多，當然從他助手的角度看來，阿榮是為了和我這個離婚婦人遠走高飛，才會把工作室結束害他失業。

「要我去叫他嗎？」

「不，不用了。我去外面走走。」買點甚麼點心回來吧，雖然那應該不能讓助手心情好點，但聊勝於無。

離開工作室前我瞄到釘在牆上的月曆，上面寫滿這個月的交貨日期，和客戶的會面等等。我的目光被今天那欄吸引著。上面寫著今天下午四點，C要來工作室。我掃視月曆上其他紀錄，沒有C這個人，也沒有其他人是用代號的。

「呃，今天要來的客人是？」我輕聲問助手。

助手看了看裡面，然後把聲音壓得更低。「就是陳大哥。」

C……那是老公？

阿榮是怕給我看到，才故意用代號的嗎？

「他們……還有來往的嗎？」
「那是很早以前就定下的工作。本來取貨這種事陳大哥的秘書來也可以，但這次他好像要親自來。」
「那我先回去了，你不用告訴阿榮我來過。」
可是我沒有回家，我到附近的咖啡店坐了一會兒。老公到阿榮的工作室，真是取貨那麼簡單？
我想起抽屜裡那些刀片，和老公在國外散播中傷阿榮的謠言。
差不多四點時我偷偷回到阿榮的工作室，老公果然已經來了，他一向都有早到的習慣。
我躲在一旁偷看，看來他已經在那裡等了一陣子。阿榮和助手都不在那裡，應該是在裡面阿榮的私人工場裡，那裡是謝絕訪客的。
我打量著他，他消瘦了不少，雖然鬍子刮淨，頭髮也修剪過，但仍是一臉憔悴，一身的服裝和平日上班時沒兩樣，看他甚麼也沒有帶，真的是來取貨那麼簡單？
「對不起，讓你久等了，這是你們訂製的東西。」阿榮出來把兩袋東西交給他。每一件飾物都個別裝在盒子裡。老公仔細檢查過每一件後，慢慢把它們放回原來的盒子——就像平日一樣。
公事辦完後，老公正要轉身離開。他倆甚麼也沒有多說。
可是老公並沒有立即離開，走了幾步，又回過頭，盯著和助手談話的阿榮。

「嗯？有甚麼問題嗎？」阿榮終於留意到。

「不，沒甚麼。」說罷老公轉身離開，沒一秒又回頭。「她最近還好吧？」

「很好。」阿榮有點不爽地說。「不過如果不是一些無聊的謠言，她會過得更好。」

「因為她和錯的人在一起。」說完這次他真的走了，由於我躲在柱子後面，所以在我前面經過的那一瞬，他沒有看到我。

可是我卻看到他的臉。

此刻的他雖然兩頰因為消瘦而有點凹陷，可是雙眼卻是很有神。我知道，那是他在想到甚麼事情的時候，雙眼不自覺發出的光芒。那個目光，和那天在醫院時很相似。

他在盤算著甚麼？

他會毀了阿榮，他會不惜一切去毀了他，傷不了阿榮的手，他去傷害他的名聲。

下一步，會是甚麼？

「這枚戒指一戴上了，我就不打算會摘下來。」

背脊的寒意又再襲來。

看著他遠去的身影，我回頭望向他剛才等待阿榮時站著的地方。那裡後面的櫃子上，一瓶瓶氰化物溶液，標籤上的骷髏頭，像是在嘲笑著我。

終於在三個星期後，我接到老公的電話。

「我想見妳。」他說。「我們……應該好好談談，我有很多話想和妳說。」
一個月來都沒有聯絡，卻突然在那天他去了阿榮的工作室後主動找我。
我下定決心了，要有個了斷。
我約了他第二天到家樓下碰面，「這是離婚協議書。」我把一個紙袋交給他。
「還有……結婚戒指，我要對阿榮公平一點。」
「這……真的要這樣嗎？」他的臉好哀傷。「妳知道我愛妳，我知道我以前有做得不對的地方，我可以改的，妳記不記得，我們以前那些開心的日子……」
「明天我還會再來。」連我也被自己冰冷的語氣嚇了一跳。「我有些東西在你那邊，明天才來拿吧——和簽好的協議書。」我指著紙袋中的文件。
「老婆……」
以前開心的日子……「明天……」如果我那時知道事情會這樣發展下去，我一定不會這樣說。「不如明天我們吃可麗蛋糕吧。我想讓我們的結束，都是甜的……」

⑬

老婆：
這陣子我的心情已經不知多少次這樣像坐雲霄飛車般，屢次因為妳而掉落絕望的深淵，甚至幹出我想也沒想過這輩子會幹的事，連我也驚訝妳對我竟然有這樣的影響力。

是的，我一直低估了我愛妳的程度。如果連我自己也沒有察覺，那妳感覺不到我愛妳，也不是甚麼稀奇的事吧。可惜我沒有在妳要離開前發現和補救，現在一切都好像太遲了嗎？

老婆，我好愛妳好愛妳。我們不是發過誓要廝守一生的嗎？我是真真正正的想要和妳永永遠遠在一起。

我記得，剛結婚的時候，妳總是喜歡寄信給「未來的自己」。我就寫了這封信，和自己賭一把，如果妳最後回心轉意，那我們就會很幸福地一起讀著這封信，笑著感恩我們度過了這個難關。

希望，這封信，不是孤零零地在信箱中。

老公

在TROVARE裡的我，已經哭得快要喘不過氣來。禿頭刑警沒有說甚麼，只是靜靜坐在旁邊。

「原來他沒有忘記，寄信給自己那種小事，原來他沒有忘記！」我一廂情願地認為，我和老公之間已經沒有了愛情，但如店長說的，他對我的愛情並沒有消失，而是轉化。

沒有說多餘的話，店長只是讓我哭。待我稍微冷靜下來後，他給了我一杯熱茶。

「陳太太，妳不要自責。如妳所說，陳先生的行為愈來愈激烈，傷人、以死要脅、刀片恐嚇、散播謠言中傷他人……這次，他更是賭上你們兩人的性命。如果妳能回心轉意，那就是大團圓結局，可是一見面，妳就把離婚協議書給他。他知道妳是不會回頭的了，既然留不住妳，他也不要讓阿榮得到妳，這大概就是他對阿榮最大的報復。幸好陰錯陽差，妳沒有吃下有毒的蛋糕。」禿頭刑警說。

「可是警方還是解不開那個下毒的謎團，不是嗎？」店長問禿頭刑警。

「嗯，我們還是找不到那些不見了的奶精杯。」

「嗯……」店長像是在沉思。

「店長，算了，我沒事的。」我抖擻精神。「即使老公不再是我認識的那個人，可是不能否認他對我的愛。店長，如你所說，烤法不一樣就變成不一樣的東西，可是內裡還是一樣的材料，正如老公可能變成了不一樣的人，可是內裡他對我的愛還是一樣的。」

「內裡是一樣的材料……？」店長用手指抵著下巴喃喃自語。

「對了，下次店長你做楓糖可麗蛋糕啊。」

「楓糖？」

「那天你看見現場的照片，不是說我老公很懂吃嗎？」

「等等，甚麼現場的照片？」對了，禿頭刑警不知那天我是躲在這裡。

「啊，對對，他把楓糖淋在可麗蛋糕上吃……」這時店長的臉突然變了，他把垂在臉頰旁的頭髮向後撥。「原來是這樣啊！所以才有『消失了的牛奶』！真是的，我竟然看漏了。」

我呆呆地看著他，等著他的解釋。

「楓糖可以當成砂糖的替代品！」他興奮地說。「那些可麗蛋糕就是用了楓糖來取代食譜中要用的砂糖，不過由於楓糖是液態，用它取代砂糖時，要相應減少麵糊中其他液體的份量——即是牛奶。所以那些不是消失了的奶精，而是根本就不需要那麼多牛奶！另一方面，楓糖的成分和一般砂糖不同，本來一檢驗便會查出，可是陳先生在蛋糕上也淋了楓糖，驗屍時也就沒發現胃部有原來可麗蛋糕材料以外的成分，因為蛋糕上有楓糖，所以也就不幸地抹去可能出現的不協調……」

「所以那就是『消失的牛奶』的謎底。」

店長點點頭。「不能確認，但應該錯不了。」

「可是……在現場找到的楓糖瓶子，裡面都沒有毒……」禿頭刑警打岔說。

「毒不是在那些材料中，而是在另一個可以盛載材料卻又不會引起懷疑的容器……」店長蹲下來翻著櫃中的東西。「我也有一個，不過很少用就是了……啊，找到了。」

店長把那個不銹鋼造的東西放在櫃檯上。

那是一個雪克杯。

「啊，所以陳先生是把氰化鉀溶液預先倒在雪克杯內，然後丟掉那裝溶液的瓶子。當利用它作量杯時，其他材料便和氰化鉀混合。」禿頭刑警像是恍然大悟。「而且用這個方法，即使陳太太妳提早回到家，也不會因為看到盛毒的瓶子而起戒心。」

離開了TROVARE，回到家，阿榮已在家裡，那封信的正本就放在咖啡桌中間。

「妳看過了？」阿榮看到我手裡緊緊握著信的影印本。

我點點頭。

「對不起。」阿榮走來抱著我。「我不應該把給妳的信藏起來的，可是我怕妳……」

流著眼淚的我，在阿榮的懷中，把臉埋在他肩上的我不住地搖頭，手則緊緊握著那封信，口裡彷彿還有著剛才吃下的可麗蛋糕的餘味。可是，那已經不是回憶裡的味道了。我發現，那不再是我愛吃的可麗蛋糕。

我只能一直哭，一直哭，彷彿這樣我就能記著，我和老公之間除了愛情的羈絆──我們那一生也擺脫不了的羈絆。

這，也許是另一種天長地久。

潘朵拉蒙布朗

在天空和銀杏樹的見證下，
我們起了要廝守一生的誓約

我，今年六十歲。老伴半年前離世，可是我到現在才發現他那隱藏了一生的秘密……

1

第一次和他談起那都市傳說，是二十多年前，那天我拖著疲累的身軀，來到了他的家。不是身體的疲累，還有腦筋的累，經過了一天的折騰，腦袋像是被揉了很久的麵糰。

「妳回來了。」我用他給我的鑰匙打開門的那一刻，他就迎了上來拉著我的手。「很累吧？」

「嗯，還好。」我吻了他的唇，看到他，累的感覺一掃而空。「對不起，弄到這麼晚。」

其實他看起來才累，臉色不大好，雙眼還布滿紅絲。

「妳不用道歉啊！又不是妳的錯。餓不餓？」

「你現在這麼一說，還真有點……」我逕自打開廚房裡的冰箱，就像是在自己的家一樣。最先看到的，是冰箱內那個淺棕色的小紙盒，盒子綁上紅白相間棉質繩子，在盒子的角落，有個紅色的小印章，是一面三角形的旗子。

「這是甚麼？」我把盒子從冰箱拿出來問。

「啊，這是我買的甜點。」他接過盒子，牽著我到飯桌旁。「聽說是和巴黎有名的沙龍一模一樣的製法，那我們就來預演一下巴黎人的生活。」

那是兩個像是杯子蛋糕大小的點心，表面鋪著棕色一條條像是義大利麵的東西，但質感看起來有點像小孩子玩的黏土，上面撒了糖粉，形成點點的白色。

「這叫『蒙布朗』。」他小心翼翼地把甜點從盒子拿出來。「名字和歐洲的雪山一樣，是鋪了栗子泥的蛋糕，上面那點點白，就是模仿雪山頂上的雪。」

經他這麼一說，又真的好像兩座小雪山。我拿起盒內的小叉子，從蒙布朗的中間舀下。

好吃。

栗子泥完全沒有顆粒，吃得出是過篩了幾次，口感綿滑柔順。栗子泥下面是鮮奶油，再下面是一層蛋糕。整個甜點擺明栗子是主角，鮮奶油和蛋糕都乖乖當陪襯，吃完後嘴裡的栗子香氣還久久不散。

「好吃，想不到你也會買這種東西。」我舀了一口放進他嘴裡。

「好吃的話，去巴黎後，我們可以常常去吃。」我們即將到巴黎定居，現在已經進入倒數階段。

「你聽過一個有關甜點店的都市傳說嗎？」吃完甜點，在沙發上我捧著熱茶，挨在他的肩上。

「唔？和甜點有關的嗎？」

「嗯，在那條熱鬧的大街附近的一條巷子裡，有一家甜點店，整條巷子裡，就只有那家小小的店，那裡只有一個小帥哥在看店。」

「小帥哥？有我這麼帥嗎？」他笑著摸摸自己的下巴。

「有，我想應該有。」我笑。「那家店一點也不好找，如果你只是單純地想吃吃甜點的話，你只會一直在附近兜圈子。可是呢，如果你有心事，你在附近會聞到奶油的香氣，跟著那香氣傳來的方向，你便會找到那家店……所有內心煩擾著的問題，都能解決……」

「有那麼神奇嗎？」

「所以才叫都市傳說啦。」

「那妳去過嗎？」

「我？……沒有。我也只是聽說而已。」

「真的？」

「嗯。」

「唔。」他抱著我。「到巴黎後，還會有數不完的都市傳說可以聽。」

「嗯。」也許太累了，我倒在他懷裡，很快便睡著了。

那一刻，對我來說，兩個人能依偎在一起，是多麼難得的幸福。他不知道，那時候，我心裡有個秘密。

那時的我，還不知道，原來他心中，也有個一輩子的秘密。

2

我又回來了，回來這條熱鬧的大街。這裡的商店已經不是我記憶中的那些，可是街上熱鬧依舊。我不知我依戀這大街的甚麼，但一下飛機，剛放下行李，還沒有適應時差，就轉來這裡了。走著走著，我不經意看到映在商店櫥窗上自己的身影。

我看起來好像一下子老了很多。雖然有染髮，但被頂端那點點的白出賣了。皺紋是少不了的，特別是眼角和嘴角兩旁最明顯。我本來就是這個樣子嗎？還是因為他已經不在的關係？

和他在一起時，從來不會擔心自己老。我們常常打趣說再老一點時要怎樣怎樣。

他走時那一刻的樣子，又出現在腦海，彷彿就映在櫥窗上。

那個鬆一口氣的表情是甚麼意思？

心裡不舒服的感覺又來了，他走了已經半年，可是這半年來我不斷想起他那時的表情，每想起一次，心就像被一根針扎了一下。有人說那只是彌留時的神志不清，他根本不知道自己在做甚麼。可是我總是不能釋懷。我從沒懷疑過和我一起是一個負擔，也肯定撇下我先走，對他來說是多麼痛苦和不捨，所以在他走前，我努力讓他知道我一個人也可以好好生活，可是我不覺得那會讓他在離開這個世界前鬆一口氣啊。

這時一股香氣飄來，是奶油的香氣，這股香氣，讓我內心的混亂平復了一點。我跟著香氣傳來的方向，來到一條不知名的巷弄，那裡甚麼店也沒有，只有一家甜點店正在營業，這店家給我一種很懷念的感覺，它的外觀就像在巴黎大街小巷隨處可見的糕餅店，我抬起頭，久久凝望著那吊在櫥窗上面那小小原木風，刻著「TROVARE」的招牌。

深深吸了口氣後，我終於推開鑲有彩繪玻璃的門。

「你好。」沒等看店的小子的開口，我就先打招呼。看到我，他臉上掛起了一個溫暖的笑容。

我緊緊盯著那店長看，站在櫃檯後面的這個小伙子，梳著不對稱的短髮，額前的頭髮都梳到右邊，差不多顴骨的長度的頭髮垂在臉頰旁，在兩邊嘴角和下巴留著點點鬍碴，但那沒有令他看起來有成熟的感覺，反而像一個故意鬧彆扭、扮大人的大男孩。

就像是久違了的鄰居大男孩，讓我有想過去給他一個擁抱的衝動。

「噢，那不是蒙布朗？」眼角瞄到陳列櫃裡的甜點，我立刻被那些小小的棕色雪山吸引著。

「是喔。剛做好的，要吃嗎？」店長打開陳列櫃，正要把一個蒙布朗拿出來。他的聲音，讓我想起咖啡裡的棉花糖。

「呃……這……」

看到我沒有立刻要吃，店長也好像有點出乎意料之外。「我這兒的蒙布朗，可是和巴黎那有名的甜點店的一樣喔。」

「巴黎？」

「嗯，怎麼了？」

「哈哈，你唬錯人了。」我揚了揚眼角，在巴黎生活了二十年，我好像也學到了法國女人的傲氣。「我可是在巴黎住了二十年呢，這二十年來，我吃過不少蒙布朗。」

可店長只是低頭微笑，然後默默看著陳列櫃的點心。

當我跟著他把視線停留在蒙布朗上的時候，我卻覺得那點心有種似曾相識的感覺。在巴黎吃過二十多家甜點店的蒙布朗，每一家都有點它們自家的特色。可是眼前的這個……

一樣。和二十年前我在他家吃的，一模一樣。

在我疑惑的時候，店長俯身把手肘挨到櫃檯上，抬著頭輕聲問我：「可是，妳有在巴黎的『那家店』裡面吃過蒙布朗嗎？」

「我當然……」想也不想，我正要反駁他時，突然語塞。

店長的表情，和他的語氣，有種自鳴得意的輕佻。

店長口中的「那家店」，是巴黎最火紅的沙龍，除了蒙布朗，那裡的熱巧克力也很有名。二十年來，我吃過很多次那裡的蒙布朗，可是，當我努力在腦中搜索，過去二十年吃那家店出品的蒙布朗的記憶時，我發現，的確，我沒有在店裡吃過。

因為他不要我在那裡吃蒙布朗。

3

來巴黎已經三個月，他每天都工作到很晚，我則負責處理新居的大小事。我們已經不年輕，要重新適應一個地方當然不易，但只要和他在一起，即使已經不年輕，但我好像還有少女般能勇往直前的氣勢。

我們住在十一區，公寓有個小小的露台，我們在那裡放了兩張椅子和小茶几。晚飯後在小小的露台，喝著紅茶，看著街外的人，成了我們每天最享受的時光。天氣開始涼的時候，我們兩個人會窩在一張毛氈裡。

「明天你沒有工作，不是嗎？」我問。

「嗯，妳想去哪裡嗎？」他輕撥著我額前的頭髮。

「你還沒有帶我去吃甜點。」我握著他的手放在臉頰，感受他的掌心。「蒙布朗，你說過會帶我去沙龍吃。」

「好啊。」他點頭撫著我的臉。「明天天氣預報說天氣會很好，我們一早先去凡爾賽宮，之後就去『那家店』吃蒙布朗。」

「嗯，好啊。凡爾賽宮，你去過了嗎？」

「有啊，那裡的『鏡宮』很漂亮，妳一定會愛死的……」

第二天我一早起來，在小心不要吵醒他的情況下在衣櫥裡選衣服，就像第一次約會的少女。

如他所說，凡爾賽宮很漂亮，不，用漂亮、或是任何一個詞語，也不足以形容這裡令人屏息的感覺。因為是平日，沒有很多遊人，更能感受到這裡的氣派。鏡宮是凡爾賽宮內用來接見外賓和舉行慶典的場所，採用巴洛克建築的大廳，一邊是向著庭園的、拱門般的落地大窗子，另一邊則是一整面牆的鏡子。天花板除了有不可少的畫作外，還吊著很多華麗的水晶吊燈。

「這樣的一個地方，真不能想像路易十六和瑪麗皇后是怎樣在這裡生活的。」我抬頭看著那些水晶吊燈。

「聽說路易十六和瑪麗皇后的感情並不是太好，畢竟是政治婚姻嘛。」他牽著我的手，我們一起抬著頭看，不知不覺走到鏡宮的中央。「所以我覺得我比法國國王還要了不起。」

「甚麼話……喂，你做甚麼？」

他一手摟著我的腰，另一隻手握著我的手，輕輕地搖擺著身子跳起舞來。

「不要，人家都在看耶。」我想推開他，可是他摟得更緊。

「妳放棄家鄉所有和我在一起也不怕，現在會在乎這些不認識的人的目光？」他在我耳邊低喃。「我比路易十六好運，能在這裡和最愛的女人跳舞。」

我感到雙眼有點濕潤，手本來是要推開他的，但現在已經緊緊摟著他的肩。他說得對，和他開始的時候，我們也不年輕了，要拋棄習慣了的生活一點也不容易，可是決定和他一起的那一刻，其他甚麼我早就不在乎了。我們此刻就像瘋狂的年輕情侶，甚麼也不在乎，只要能在一起。年少輕狂時我們還沒遇上，就讓現在的我們補回那些錯過的時光。

慢慢地，本來有點側目的旁人，漸漸發出一些輕輕的歡呼。有一些人在拍我們，也有一些年輕的情侶看到我們，也情不自禁地相擁接吻。

回家的路上，我們經過一條兩旁種滿銀杏樹的林蔭大道。

「我們今天幹了很前衛的事耶。」我笑著。「剛才還有個小伙子對我豎起拇指。」

「那妳開心嗎？」

「嗯。」

「既然這樣，我們多幹一件事吧。」他停下來，轉身對著我。

「喂，你又想幹甚麼？太前衛的我受不了耶。」大街大巷，他想做甚麼？

在我不知所措的時候，一枚戒指套在我左手的無名指上。

「這……」還沒搞清發生甚麼事，他把另枚戒指放在我手中，示意我為他戴上。

「現在，這裡，是我們的婚禮。」

「這裡？」我看著已經在無名指上的戒指，一看就知道是特別訂造的。「婚禮不是要有證人嗎？」

「銀杏樹為證。」

「樹會枯死。」

「那天空為證。」他笑著，把左手交給我。

於是，在銀杏樹和天空的見證下，我們舉行了只有我們兩個人的婚禮。

在那個優雅貴氣的沙龍廳內，我和他在那大理石造的小圓桌旁相對而坐，兩隻在無名指上戴著戒指的手，緊緊交纏在一起。

「久等了，這是您們點的蒙布朗和熱巧克力。」服務生送來我們的點餐。

「謝謝。」我禮貌地向服務生說，一邊壓抑著內心的興奮。

終於可以吃到這裡最有名的蒙布朗了！

他已經先舀一口來吃，可是在這樣優雅的地方，為了裝成一個巴黎的貴婦，我故意先把小匙放進像濃湯般的熱巧克中攪了兩下。看著黏在匙上的熱巧克力，我卻顧不了儀態，忍不住舔了點嚐。

好香的可可味，不是一般市售熱巧克力的甜，雖然那麼濃厚卻一點也不膩。那麼簡單的熱巧克力已經這麼好了，那蒙布朗還得了？

「這個熱巧克力味道很好啊。怎樣？蒙布朗如何？」我邊問邊拿起叉子。

「呀，這個妳不要吃了。」

「為甚麼？不好吃嗎？」怎麼可能？這家店的蒙布朗怎麼可能會不好吃？

「妳不要吃了。」他按著我拿叉子的手。

「是變壞了嗎？那要告訴服務生，讓我吃一口試試……」

「妳不要吃了！」他突然站起來，一手把桌上兩個蒙布朗都掃到地上。

和其他客人一樣，我也被眼前的景象嚇到了，他從來沒有這樣發過脾氣。不，那不是單純的發飆，他的眼神裡，沒有怒氣，反而像是怕有甚麼恐怖的事會發生的、受了驚的孩子。

4

「他就是這樣一個人，即使一把年紀了，還是浪漫得無可救藥，去巴黎定居真是沒有錯。」我坐在TROVARE店中央那一大張原木矮桌旁。店長給我泡的咖啡已喝了一半，但那蒙布朗還是原封未動。「他啊，在最後病倒在床那些日子，也會拜託護士給他買枝玫瑰花，或是馬卡龍呀、餅乾呀，還把它藏起來，當我去看他時，他就會叫我在抽屜拿甚麼給他的，讓我發現那些小東西。」

我輕輕擦一下眼角，可是我是微笑著的。那些回憶，已足夠伴著我走下去。「可是……那樣溫柔的人，那天卻會在大庭廣眾前控制不了自己的情緒。」

「那妳的日子過得幸福嗎？」店長給我加了咖啡。

我點頭。「嗯，這二十年，我過得很幸福。」

「那還有甚麼問題呢？」說完店長轉身走回櫃檯那邊。

我繼續說：「這其實是我第二段婚姻，和他開始時，我還沒和前夫離婚。我明知道會被人看成不三不四的女人，也決定和他在一起。過去二十年，證明我選對了。」

店長回頭笑著。「那就好，過去的還是不要想太多。」

我盯著店長，盯著他那和外表年紀不相稱的深邃眼神。

「店長，可以告訴我你的名字嗎？」

「萍水相逢，名字不重要。」店長還是保持著那溫柔的微笑。

「不是萍水相逢吧？」我站起來。「其實我來過很多次了，你不會不記得吧？每一次，當我遇到問題，心緒不寧時，我走著走著，就會聞到一陣奶油的香氣，跟著那香氣，不知不覺來到了這裡。可是當我想來吃甜點時，卻怎麼也找不到你的店。」

「很多人也說我的店好難找。」

「店長，我想問好久了。」我的聲音認真起來，一般的小伙子，聽到我這個年紀的人用這樣的語氣，也會敬我三分，但我不知道對他管不管用。「我第一次來時還是一個高中生，你還請我吃過蘋果脆餅！為甚麼……為甚麼這些年來，你都沒有變老？你……究竟是甚麼人？這店，又是甚麼地方？」

5

那是一個晴朗的星期天，我正準備野餐的東西：三明治、起司、水果和酒。我們準備到艾菲爾鐵塔前的公園，聽起來好像很奢侈，可是這根本是巴黎人週末的活動。

當然，和他在一起的每一天，也是奢侈。

「一會去街角那店買馬卡龍，我沒有準備甜點。」正要離家時我提醒他。

「不用。我有安排。」他說。每一次他這樣笑，一定是有甚麼鬼主意。

「先說好了，我可不要在鐵塔下跳舞。」

「真的？」他大笑摟著我的肩。

「真的。」

「那裸跑可以嗎？」

「不可以。」我笑。「要裸跑你去尼斯的海邊。」

「好啊，明天就去……」

吃完東西，在公園和週末也常在那裡的小孩玩了一會兒，我們躺在草地上，聊著平常不過的事。

「你工作順利嗎？」我問，這是很罕有地談起他的工作。

「很不錯，當然沒有從前賺得多。」他也沒有隱瞞的意思。「妳也知道，剛起步總要慢慢來打響名堂。」

「那你有沒有想過回去？」

他坐起來。「妳想回去嗎？」

我搖頭。「不了，這裡已是我們的家，死也死在這裡吧。」

他笑了。「這裡？這裡？這個公園？」

我作勢要打他。「你知道我是甚麼意思的！」

可是他很快便捉著我正要打他的手，順勢把我摟在懷中。「謝謝妳。」

「怎麼啦？」我感受著他懷中的溫暖。

「時候差不多了，我們去吃甜點吧。」

對喔，他說有安排的。離開公園，他帶著我來到一間小小的家庭式咖啡店，坐下後他替我點了拿鐵和……蒙布朗。

「這……」我有點難以置信，他不是不要我吃蒙布朗的嗎？

「快吃，妳不要看這裡店那麼小，這裡的老闆娘可是很會做甜點。」

我吃了一口，不是說這不好吃，但和那時在他家吃的，還差得遠。栗子泥做得有點太甜，底下的蛋糕也不夠鬆軟。可是這是他的一番心思，我不能那麼挑剔。

「好吃。」

「妳喜歡？那就好。」他滿意地笑著。

本來我以為他是偶然知道那家店有賣蒙布朗，所以帶我去嚐嚐，可是幾天後，我在市場遇到那老闆娘。

「啊，我認得妳，妳是那天那位太太。」老闆娘看來也是在採購食材。

「老闆娘妳記憶力真好呢。」我感到驚訝，老闆娘一天見那麼多客人。竟然會記得我倆。

「當然！妳先生來了那麼多次，在帶妳來以前，他一個人來過了幾次。」

甚麼？他事前已去過那店？

「對了，妳是不是有對甚麼食物敏感的？」

「我？沒有啊，怎麼會這樣問？」

「妳先生來我的店好幾次，問了很多蒙布朗裡面的材料，我還以為是因為妳對食物過敏呢。我們家的糕點都是簡單的東西，而且自家製的，那個蒙布朗，就是栗子泥、鮮奶油和蛋糕，絕無加其他奇奇怪怪的東西。」老闆娘帶點自豪地說著。

蒙布朗裡面的材料？為甚麼他會那麼在意那個呢？

6

「店長，為甚麼你都不會老的？」我再問店長。

我記得，第一次來到TROVARE，是高中的時候。那時候店長運用他過人的推理能力，解開了蘋果園之謎。

「你只是聽我對事件的描述，便知道蘋果滾上坡道的真相，還有連我隱瞞的事也一併拆穿。」如果不是來到TROVARE，我也不會重遇大哥哥，也不會解開當時困擾著我的心結。

「我不會老又怎樣？妳害怕嗎？」

「怎麼會？如果我害怕，這些年來就不會一次又一次推開這道門。」

「說起來，妳那個大哥哥，後來怎樣了？」

「呵呵，大哥哥啊，那時他在唸研究所，後來我考上和他同所大學不久，他便出國留學去了。開始時還有通信的，可是後來……」

我沒有說下去，我想起了，開始少寫信給大哥哥，就是因為認識了安東。

「妳再來時，已經是大學生了。」店長彎腰整理陳列櫃裡的點心。「妳問我哪種甜點是很道地的北美甜點。」

「哈，你果然記得。」我失笑，那時候的我，真像一個傻瓜。因為喜歡上安東，就扮成歸國子女想要融入他的生活圈，還差點被誣陷是襲擊別人的兇手。那時候，情緒起伏很大，他對著我的一個微笑，可以讓我樂翻半天，他和那桃樂西談上幾句，我就嫉妒得要死。現在想來，為甚麼那時候會那麼白目呀？

店長只是低頭發出一聲輕輕的笑聲。

「啊！」我重重呼了口氣。「突然很懷念那時候的心情，那時有揮霍不完的情感，那是之後從來沒有過的青澀脆弱。」我抱著雙臂。「你那時說得對，年輕時的愛情，真的是最好的，為了安東，雖然幹了荒謬蠢事，可是正如你所說，現在回頭看，我真的很慶幸那時能遇上他。」

「那後來為甚麼分手的？」

「後來我們交往了……一年還是兩年呢？我記得是有一次，我們不知為了甚麼大

吵一架，之後就沒有找對方，漸漸也沒有再見了。年輕的戀愛，總是莫名其妙的開始，胡裡胡塗的結束。」

是呢，不同年紀遇到不同的人，結果也很不同。如果我是大學畢業後才認識安東，也許，是他和我白頭到老。

「可是妳後來也沒有特別變成熟啊。」店長打開烤箱，把裡面的烤盤拿出來。

「你在取笑我嗎？」

「沒有，那是妳的第一任丈夫不是嗎？妳問我怎樣表白才像個大人。」店長把烤盤上的烘焙紙和上面的東西移到工作檯上，我看不清楚，好像是一個個白色的、外型像是稍微壓扁了的泡芙。「他好像是叫……」

「阿樂。」說到這個名字，我的心揪了一下。這些年來，這名字也是我和阿榮之間的禁忌。「我是因為阿樂才會認識阿榮，和阿榮的外遇關係維持了兩年，直到阿樂自殺離世，我和他便搬到巴黎定居。」

店長揚了一揚眉毛。「自殺？」

「你忘記了嗎？你一開始看穿用來做可麗蛋糕的牛奶少了，警方還因此懷疑我，幸好你想到阿樂用楓糖代替了砂糖，所以牛奶的份量也需要減少，並推理出他是預先把毒放在雪克杯中自殺。」

店長沉默了一會兒。「我只是推理出下毒的手法，並沒有推理出他是自殺的結論。」

我的臉僵住了。「那是甚麼意思？」

「算了，說回妳在巴黎的事吧，他帶了妳到別處吃蒙布朗。所以，他不是不讓妳吃蒙布朗，只是不讓妳吃『那家店』的蒙布朗？」

「不是。」我說時店長揚一揚眉，大概沒料到我會這樣答。「後來，他有讓我吃到。只是……」

7

來到巴黎後，我幹回老本行，也就是宣傳推廣和辦活動的工作，偶爾也會替阿榮的客人做首飾設計。那天工作完結後，客戶說要請我去喝咖啡。

「呃……這裡？」客戶帶我來到「那家」沙龍。

「嗯，有問題嗎？」

「不不，沒問題，但好像要排很久。」我看著排隊的人龍。

「妳有時間嗎？我突然很想喝這裡的熱巧克力。」客戶雙手合十求我。

既然客戶說要，當然要奉陪，反正我也沒有甚麼事。在等待的時候，我看著旁邊的外帶區，那一個個的蒙布朗整齊地排在陳列櫃中，仔細看，真的很像那天我在阿榮家裡吃的蒙布朗。他是在哪裡買的呢？我記得那時那個蒙布朗真是意外的好吃。

終於等到位子，客戶想也不想便點了熱巧克力和千層酥。

「妳要甚麼？」

「那我也要熱巧克力和……」看著菜單我猶豫了。如果我吃了蒙布朗，他也不會知道，那我也不用被他這個莫名其妙的要求牽著走。

「我要……」正要點餐時，腦中浮現他的臉，和過去兩年和他的種種……

「我還是只要熱巧克力就可以了。」我對服務生說。

和他一起以來，他從沒有要求我為他做甚麼，如果只是要我不吃這家的蒙布朗，雖然我不知道是甚麼原因，但只是這一點點的小事，我不能不為他做。

所謂承諾，就是即使沒有人發現，還能堅持信守。

那天回到家，他又一次給了我驚喜。

小小的餐桌上，在點燃的洋燭旁邊，放著一個小小的白色盒子，盒子上是用金色印著那個誘人、但又像是禁忌的名字。

「這究竟……」看著盒中那個小雪山，我不能相信自己的眼睛。

「我知道妳好想吃嘛。」他為我拉出椅子，就像在高級餐廳一樣。

坐在我對面的他笑著看著我，我現在的表情一定很可笑，雙眼發亮的盯著那小點心，比看到任何珠寶鑽石還要興奮。

我舀了一口，細緻香濃的栗子泥，軟滑的奶油，加上口感綿密的蛋糕。果然，和那天的一模一樣。

「謝謝你。」我握著他的手說。

「只是一個點心罷了。」他微笑著，近看眼角和嘴邊的皺紋都出來了。「妳喜歡的話，我可以常常帶回來給妳。唔……那就這樣吧！每逢一個月有五個星期五，我們就約會。」

沒有遇到我的話，他會那麼快有皺紋嗎？在老家的事業已是收成期的他，不用來這裡重新開始打拚吧。想著想著，我捏著他的手。「謝謝你。」我再說一次。

這次，他看著我看了好久。我們都沒有把視線移開，就像小孩玩的無聊遊戲，互相盯著對方，看誰先忍不住笑出來。可是我不是在玩，我希望，能把他的臉深深深深印在我的瞳孔，就讓我餘下的人生，眼裡只有他。

「先說清楚，我喜歡巴黎。」他沒有忍不住笑，而是突然冒出這一句，還是一臉認真的樣子。

「誒？」

「我是覺得這是個難得的機會才來的。」

他是不想我內疚，才說這些話？

「那如果我沒有答應跟你過來呢？」

「妳不是來了嗎？」他吻了我的手。

那時我還以為他是說笑，可是之後他真的每次遇到那個月有五個星期五，便會帶著那家店的蒙布朗回來。我也習慣了在那個星期五，一定不會加班準時回家。我們還會關了家裡的燈，就像在吃燭光晚餐一般，放著音樂，靜靜度過這樣一個美麗的黃昏。

漸漸地，蒙布朗不是主角，那個約會才是。

在我已經忘了對那家店的蒙布朗的執著時，一個星期四，我看見路克從那店的外帶區走出來。路克是他工作室的助手，有時候也會當他的跑腿。

「路克！」我叫住他。

「呀，老闆娘！」路克開朗地向我揮手，他另一隻手提著那家店的紙袋。

「來買下午茶的點心？」

「啊，不，老闆吩咐我來這兒買蒙布朗，因為他今天要出去客戶那邊，不能親自來。」

「蒙布朗？」

「嗯，準是買給老闆娘妳的啦，大概每隔三個月就會去買。」路克笑著。「他叮囑我今天一定要買到，店員好像已記得老闆呢，還問我為甚麼他今天不來。」

本來對他這麼重視我們的約會，我是應該感到甜絲絲的。可是……

那天是星期四。

為甚麼他會在星期四便買好了蒙布朗？我一直以為他是星期五回家前去買的。

「路克。」我叫自己不要讓路克看到有異樣。「老闆都是在星期四買的嗎？」

「嗯，說來奇怪，他都是星期四買，但就放在工作室的冰箱裡，星期五才帶回家。」

「我叫路克不要告訴他碰見我的事。」我把剩下的咖啡喝完。可是店長不發一言，他只是默默從冰箱拿出鮮奶油開始打發。

「我一直也沒有拆穿他，直到他離世，這也成為永遠的問號。」打發好鮮奶油後，店長終於轉向我。「這大概就是妳今天會來到這兒的原因吧。」

「二十年來，這一直不能讓我釋懷，每一次我們一起吃蒙布朗，不，吃任何甜點的時候，那個問號又會浮現。」我拿起咖啡杯，才發現咖啡已經給我喝光。「很可笑吧，這麼一點小事。」

「那妳為甚麼不問他呢？」店長回來櫃檯前。「既然只是一點小事。」

我沒有答，不是不知道怎樣回答，我一直都知道為甚麼我不問。因為我總是有種感覺，這是我和他之間不能碰的地帶，是潘朵拉的盒子，一打開，就完了。我和他好不容易得來的幸福，內心深處有把聲音叫我不能問，因為這會破壞這脆弱的幸福。

「那妳來這裡，妳覺得會解開謎團嗎？」店長雙手撐著櫃檯。奇怪，雖然他的聲音還是依然溫柔，可是此刻他臉上並沒有平常那個微笑。「那我再問妳，這二十年來，妳過得幸福嗎？」

「很幸福。」我堅定地答。

「如果知道真相後，會把妳過去的幸福破壞呢？妳還想知道真相嗎？真相真的那麼重要嗎？」

我看著店長，他的表情，是這幾十年來我沒看過的認真。

「他走的時候，臉上有副鬆了口氣的表情。」我低頭說著，腦海中又出現他的臉。這不是我來到這裡的原因嗎？一直以來，每一次我心緒不寧，心中有未解開的結時，店長都能幫助我。「二十年來，我以為不去問，就維持了幸福。我以為，那只是一件小事。可是，原來那是他死前也放不下的事。我，不可以一個人緬懷著和他一起的幸福時光，而丟下他背負的不管。」

店長嘆了口氣，他從陳列櫃拿了個蒙布朗出來，可是他不是放在平常的骨瓷盤子上，他背著我在包裝那小點心，包好後他走出來，把盒子放在我面前。

「潘朵拉的蒙布朗。」店長把盒子放下。

這應該是給外帶客人的盒子吧。淺棕色的小盒子，上面綁上紅白相間棉質細繩，在盒子的角落，有個紅色的小印章……

「這……」我不敢相信自己的眼睛！店長微微地點點頭。

盒上那個小印章，是一面三角形的旗子。

二十年前，在阿榮家中吃的蒙布朗！

「二十年前，有位客人來這裡買甜點，我向他推薦了蒙布朗，並現做了兩個給他帶回去。」

是阿榮！阿榮也來過TROVARE！這可不是一般人來得到的店。trovare在義大利文裡是「找到」的意思，如果特地去找，是來不到這店的，不是我們找到這店，而是這店找到了我們。突然間，我覺得我和阿榮的生命，是彼此連繫著。

我顫抖著手解開繩子，緩緩把盒子打開。

這不可能是潘朵拉的盒子，這是我和阿榮羈絆的證明。看到盒子裡那個蒙布朗的一刻，就像是回到那一天，我和阿榮在小桌子相對而坐，對阿榮那不捨的思念，又回來了。

我拿起小叉子，從中間切下到底，切出一口大小來吃。嗯，一樣。細緻的栗子泥，香濃的奶油，可是……

「怎麼了？」

這不是一樣的點心。現在口中除了栗子泥、奶油和最底的蛋糕外，還有另一種東西，脆脆的、甜甜的和有點點……

雞蛋的味道。

「那是……」我盯著剩下的蒙布朗的切面。「究竟那脆脆的東西是……？」

店長走回櫃檯後面，拿了個他剛才從烤箱拿出來，那白嘟嘟的東西。

「這是蛋白霜。是蛋白和糖打發後，用低溫烤成的。」

店長給我的蛋白霜，比他做的蒙布朗小一點。我咬了一口，很多碎屑掉到桌上。

「噢，對不起。」我用紙巾把碎屑包好。就是這個，剛才那脆脆的口感。

店長回到櫃檯後面的工作檯。「我敢說，這裡的蒙布朗，和巴黎『那家店』的做法差不多。」他把已經事先切好大小的蛋糕片，在工作檯上排好。然後他在蛋糕片上擠出點點的鮮奶油，放上一個個的蛋白霜，再抹上一層薄薄的鮮奶油，接著他用一個有特別擠嘴的擠袋，擠出像是義大利麵的栗子泥鋪在上面。

最後，他用一個小篩，把糖粉撒在上面。

店長的動作非常俐落，不消一會兒，一個個小雪山，便在檯上排好了。

「可是……不對。」我喃喃說著。這些年來，不論是那天在阿榮家吃的，還是後來我們在巴黎「星期五約會」吃的，都沒有吃到這種脆脆的口感。

「這種做法的蒙布朗，最好當天吃。」店長冒出一句。「因為栗子泥和鮮奶油裡的水分，會慢慢滲到蛋白霜裡，時間一久，蛋白霜便不脆了。」

啊！所以即使同是那家店賣的蒙布朗，因為阿榮都是早一天在星期四買的，裡面的蛋白霜已經不脆了。

可是為甚麼阿榮要這樣做呢？

「妳說第一次吃到我做的蒙布朗，沒有吃出裡面有蛋白霜。那表示，那蒙布朗不是當天買的。可是……」店長坐到我旁邊，這是幾十年來第一次。「我記得，阿榮來買的蒙布朗，是我當天現做給他的。而且，後來我讓警察來這裡，證明他那天有來過。」

警察？我想起了！那個禿頭刑警說，阿榮在阿樂死前一天的行蹤很可疑。那天我本來是約了阿榮吃下午茶，可是他突然取消了約會，而有關那天的行蹤他也是模稜兩可，但是後來那禿頭刑警說已經查明了。

「原來，他是來了這裡……」對了，那天禿頭刑警再出現在TROVARE，店長說他「又來了」，而禿頭刑警說他不是「為了工作」，那時我還以為是指那天他跟蹤我來到TROVARE，其實是指後來他來調查阿榮的行蹤。

可是，那不是表示……

「店長……我知道這店是特別的。這是異度空間不是嗎？」我捉著店長的雙肩，輕輕搖晃他。「我每次來，都是在那條大街走到一條特別的巷子，而來到這裡的。可是，告訴我，那條大街不是必經之路，從哪裡都可能走到這裡的！告訴我！」

店長一臉痛苦地搖頭。「不，這是唯一來到這店的方法，這店，和這區是共存的。」

如果阿榮是前一天買那蒙布朗，那天，我們本來約好吃下午茶，可是他突然說不舒服要取消約會。可是，如果他是偶然來到這裡，買了蒙布朗準備和我在家吃……

我們吃蒙布朗那天，是我回家收拾、阿樂吃了有毒的可麗蛋糕而死的那天。被警方問話後，我到了阿榮家，看到冰箱內的蒙布朗。如果點心是前一天買的……

二十年前，我和阿樂的家，就是在這裡附近……

「不是的，店長，告訴我，這蒙布朗不是前一天買的！告訴我，這店不是在我從前和阿樂的家附近……」

我掩著嘴，淚水已經不停滑下雙頰。

9

「老婆……」阿樂的眼神好哀傷。他對我還有愛嗎？

太遲了。

我已經不愛他了，他甚至不再是那個我曾經愛過的人，他會毀了阿榮，無論我們逃到哪裡，他都會找到辦法要破壞我們，我根本想像不到阿樂下一步會怎樣做，那天他去阿榮的工作室，那個眼神，他一定是在打甚麼主意。要從阿樂手中解脫，要讓阿樂不能再傷害阿榮，只有一個辦法。

這天來把離婚協議書交給他，和把結婚戒指還給他，也是「計畫」的一部分。

「明天……」我真的要走這一步嗎？真奇怪，內心完全沒有任何聲音阻止我。

「明天我們吃可麗蛋糕吧。我想讓我們的結束，都是甜的……」

放著離婚協議書和戒指的紙袋內，還有一樣東西。我是故意約在這裡碰面的，這樣大廳的監視器便不會拍到「那個東西」。

我把那東西拿出來，是一個透明塑膠造的雪克調酒杯，裡面裝著的，不是酒，是楓糖。

「用這個代替砂糖吧，楓糖有很特別的味道，不過要相應的減少牛奶的份量。」

我把比例告訴他，當然不能給他食譜，免得被人在家找到。「一定要用這個，是朋友特地從加拿大帶回來的，這裡買不到的高級楓糖。」

阿樂點點頭，大概他在想著，要用盡所有的愛做這個離別的可麗蛋糕。
可是在我眼內，我只看到死亡……

10

「他看到了。」我看著店長。「你其實也知道吧？那個楓糖，下了氰化鉀的楓糖，是我給阿樂的。」

可是店長搖頭。「我說過，我只是推理到下毒的手法，我沒有說阿樂是不是自殺，因為沒有證據證明那雪克杯是他自己預備，還是有人給他的。」

他發出一聲苦笑。「我只是個一直在這店裡的店長，不是先知，也不是神仙。我做的推理，和一般人做的推理是一樣的。」

「他看到了。」我重複著。「那天他在這裡買了蒙布朗，回家途中給他看到了我把楓糖交給阿樂的一幕。當時他應該沒有想那麼多，但當他知道阿樂是被雪克杯內的楓糖毒死時，就想到我是兇手了。阿榮不知道隔天蒙布朗內的蛋白脆餅已經不脆，因為他沒有吃過『那家店』的，所以即使第二天在他家裡，他也不會發現口感不同了，一直到我們在巴黎的『那家店』，他一吃下現做的，便發現當中的不同。」

「妳告訴過他這店的『都市傳說』，那時他就知道妳口中說的就是這店。所以，當他發現蒙布朗隔天口感不同時，他知道不能讓妳吃到現做的蒙布朗。」店長幽幽地說。「萬一妳吃到新鮮現做的蒙布朗，也許就會發現那是他前一天買的，可能還會去問為甚麼是前一天買、和在哪裡買的，他怕妳會像今天一樣，知道他那天看到妳把摻了毒的雪克杯交給阿樂。而為了不讓妳常想著那店的蒙布朗，他帶妳到別的店，還在事前特地問清老闆娘他們的蒙布朗用的材料，就是為了確定那家店沒有用蛋白霜。可是一直不讓妳去那家店吃也不是辦法，所以他想到『星期五的家中約會』，早一天買蒙布朗，讓妳吃到和那天一樣的口感。」

「二十年來，他一直都知道，自己和一個殺人兇手一起生活，他也一定不好過。」他一定是認為，我殺了阿樂，是為了和他在一起，他一定是每天背負著內疚生活吧。

在巴黎的每一天，他都怕我會跑去那家店，吃到真正的蒙布朗而想到這一切。我以為殺了阿樂的事只有我一人知道，可是他不但知道，還要不讓我知道他已發現了。

難怪他離世的一刻會鬆了口氣，他以為，守了二十年的秘密，終於因為他的死，而永遠保住了。

我看著店長。果然，如果有另一個人要解開全部真相的話，就只有他了。

「妳記得當年妳和安東去派對，被誣陷把桃樂西推下樓梯的事嗎？」站在櫃檯前的店長環抱雙臂，俯身把手肘挨在櫃檯上。

「嗯。」當年我還是個小女孩，他就像是個說教的大哥哥，到今天雖然我看起來比他年長好多，但當他一這樣和我說話，我彷彿立刻變回那個受教的女孩。

「當時面對那『不可能犯罪』，我們拆解每個細節，找出『最弱的環』……」

「就是桃樂西撒謊……啊。」我用手掩著嘴，盯著店長呆了半晌。「你也是這樣拆解嗎？阿樂的死。」

「即使妳把有毒的楓糖交給他，也不保證阿樂會吃下而中毒身亡，所以妳一定要在現場。問題是，如果妳是第一發現人，妳一定脫不了嫌疑。所以妳故意做出那天妳不能把任何東西帶進和帶離公寓的情況。但是奶精是他家裡本來就有的東西，為了不讓他起疑，所以妳利用了楓糖。妳大概沒有想到我會因為看到奶精的數量不對而認為是他殺吧。」

「的確，你那個推理給我帶來許多麻煩。不過你說得不錯，和桃樂西那事件一樣，我的供詞，就是『最弱的環』。」

「如果阿樂要自殺並和妳同歸於盡，一般情況下他一定會確定妳吃下了蛋糕中毒身亡後才會自殺。實情是妳哄他先吃下蛋糕，確定他斷氣後，妳把其中一個蛋糕丟到垃圾桶，編了個妳陰錯陽差沒有吃下蛋糕、而逃過鬼門關的故事。只要看穿那是謊言，整個事件的推理便回到原點。」

店長說得沒錯，我曾經在腦中演練了很多次，假設我是那僥倖沒吃下毒蛋糕的受害者，現場應該是怎樣的，避免在家中漏了任何一個細節。

「不過幸運的是，阿樂之前的一連串行動，反而讓妳的謀殺計畫看來不那麼突兀。先是傷人，然後是散播謠言讓阿榮不能在行內立足，之後是自導自演的『自殺』。

可是幹了那麼多事，都不能把你們拆散，如果說他最後要留住妳的一著，是和妳一起死的話，也不那麼令人難以置信。」

「應該說，如果不是那些事件，我也不會想到要殺了他。你不明白，那時候雖然我人是和阿榮在一起，可是我總是覺得阿樂是在暗處盯著我們的猛獸，隨時撲出來咬我們……」

「不過最令我起疑的，是妳前夫寫的那封『未來的信』。」店長說的時候，雙眼稍微往上看，像是在搜尋那遙遠的記憶。「如果先入為主認為妳前夫是自殺，那信的內容看來就有點像遺書。可是如果沒有對整個事件前因後果的認知，單單看那封信，只會單純像是在盡最後努力、挽救婚姻而寫的情書吧。」

我感到鼻子一酸。「是的，讀到那封信時，我也真的嚇了一跳，我真的沒想過，阿樂會寫了這樣一封信。當時的我，一邊心裡暗自僥倖，信中沒有寫著甚麼讓警方認為他不可能自殺的理由，一邊心裡像被擠壓著般痛，原來他真的這麼愛我。可是我一直以為，阿榮是為了不讓我們的未來和阿樂有任何牽扯，所以才沒有把信給我看……可是，現在想來，他是知道我是殺阿樂的兇手，為了不讓這封用詞曖昧的信使警方懷疑上我，才把信藏起來吧。可是在能處理那封信前，警方就找上他了。」

從阿榮那天踏進TROVARE開始，我們就像掉入一個羈絆的迴旋——我為了保護他殺了阿樂，他看到我殺阿樂的證據，卻為了我把這個秘密隱瞞了一生，我回來TROVARE卻解開了這個秘密。

「妳後悔嗎？」店長皺著眉，像是對我這個老朋友的憐惜。「後悔打開了這個潘朵拉的盒子，給自己帶來痛苦嗎？」

我擦乾眼淚。「你記得你說過嗎？每一個人的身上，總會找到那點點初戀的痕跡。這二十年來，我常常想著，背著殺了阿樂這個秘密，不能坦然面對自己，人生好像很難走下去。這不是大哥哥說的嗎？原來是真的，他說的話，已經深深烙在我心裡。」

我看著那小小棕色盒子。「這不是潘朵拉的盒子，如果是痛苦，那他不也為我背負了二十年嗎？」我舉起手展示無名指上的戒指。「我們是在天空和銀杏樹的見證下，起了要廝守一生的誓約的。他過去不讓我承擔的痛苦，現在應該我來扛了。」

我站起來。「店長，謝謝你。這些年來，你幫了我不少。」我看著店長那令人懷念的深邃瞳孔。

「妳要去哪裡？」

「為我做過的事贖罪，是時候要坦然面對自己、面對自己做過的事。」踏出TROVARE的一瞬，我想，這可能是我最後一次見到店長了吧。

離開了TROVARE所在的巷子走到大街上，我想起甚麼，本來想走回去，可是走了很久，感覺像是一直在附近兜圈子，還是沒有走回那甜點店。

一直到最後，我還是沒有問到店長的名字。

國家圖書館出版品預行編目資料

店長，我有戀愛煩惱 / 文善著 . -- 初版 . -- 臺北市 : 皇冠 , 2015.2. 面 ; 公分 . --(皇冠叢書 ; 第 4451 種) (JOY; 178)

ISBN 978-957-33-3135-3 (平裝)

857.81　　　　104000675

皇冠叢書第 4451 種
JOY 178

店長，我有戀愛煩惱

作　　者—文善
發 行 人—平雲
出版發行—皇冠文化出版有限公司
台北市敦化北路 120 巷 50 號
電話◎ 02-27168888
郵撥帳號◎ 15261516 號
皇冠出版社 (香港) 有限公司
香港上環文咸東街 50 號寶恒商業中心
23 樓 2301-3 室
電話◎ 2529-1778　傳真◎ 2527-0904
責任主編—盧春旭
特約編輯—葉春梅
美術設計—王瓊瑤
著作完成日期— 2014 年 10 月
初版一刷日期— 2015 年 2 月

法律顧問—王惠光律師

讀者服務傳真專線◎ 02-27150507
電腦編號◎ 406178
ISBN ◎ 978-957-33-3135-3
Printed in Taiwan
本書定價◎新台幣 250 元 / 港幣 87 元